湖底唸稿

石成林 著

北方联合出版传媒(集团)股份有限公司
春风文艺出版社
·沈阳·

图书在版编目（CIP）数据

湖海吟稿 / 石成林著. — 沈阳：春风文艺出版社，2023.1
 ISBN 978-7-5313-6303-3

Ⅰ．①湖… Ⅱ．①石… Ⅲ．①诗集－中国－当代 Ⅳ．①I227

中国版本图书馆CIP数据核字（2022）第145025号

北方联合出版传媒（集团）股份有限公司
春风文艺出版社出版发行
沈阳市和平区十一纬路25号　　邮编：110003
成都市兴雅致印务有限责任公司印刷

责任编辑：韩　喆	责任校对：张华伟
装帧设计：四川悟阅文化传播有限公司	幅面尺寸：145mm×210mm
字　　数：237千字	印　　张：11.25
版　　次：2023年1月第1版	印　　次：2023年1月第1次
定　　价：68.00元	书　　号：ISBN 978-7-5313-6303-3

版权专有　侵权必究　举报电话：024-23284391
如有质量问题，请拨打电话：024-23284384

目 录

瞻仰澧县红军暴动遗址归来 001
拜谒桃源战役指挥部旧址 001
瞻仰澧县红军暴动遗址 001
参观鼎城区渐安农民暴动纪念馆 002
市委党史联络组瞻仰帅孟奇故居 002
参观帅老孟奇先生故居 002
读　史 003
听红歌 003
红船歌 003
尽　言 004
大庆夜吟 004
二月廿五午餐陪陈君饮作并寄 004
无　题 005
和友人诗 006
偶　成 007
辛丑清明上坟 007
赠高君 008

与药山僧友笑谈	008
与燕君游	008
与外地友人说常德	009
四月二十有怀	009
江林徒步	009
寄赠少林老街友老同学	010
无　变	010
端午前回老屋	010
小暑故友小聚分昏字	011
七月十三晨作	011
初　心	012
辛丑七月廿九与本之兄等饮聚	012
中秋夜无月作	012
酬答刘兄赠诗	013
思成熟	013
过松林得句	013
诗家叹	014
自　调	014
闲游成句	015
难　为	015
说　惭	015
心半由	016
初秋赠经平	016
初秋闷	016

八月初七夜中	017
欢　颜	017
步　秋	017
徒步郊山	018
德山郊游	018
大野闲观	018
寄好友刘君	019
秋下答友人	019
寄小学同学王叟	019
秋归独酌寄老友	020
调半夜留醉	020
中秋信步	020
中秋夜即吟	021
寄晚辈	021
正月初晴	021
乡里归来即成	022
诗　事	022
春下日常	024
辛丑七夕夜	025
七　夕	025
论　节	025
传　灵	026
醉　书	026
初春坐德山善卷台	026

放　怀	027
有　怀	028
退休六载感	029
与友人聚饮德山酒楼	029
述自明	030
春下思	030
即　景	030
思师友	031
赴友人约	031
归　饮	031
自　诙	032
应邀上山庄	032
自　述	032
寄赠珠海忠星友	033
说完美	033
偶思三绝	034
诗　思	034
七月十八赠明哲	036
七月二十自述	036
诗　愁	037
莫计酒	037
独　问	037
与老朋友逢聚作	038
寄初交友	038

忽忆儿时春节	038
夜步常德城河	039
夜读文友诗词赋就	039
说　心	039
与经平君饮	040
示　儿	040
秋风醉	041
立秋前夜作	041
屈亭感慨	041
梦　狂	042
醉　山	042
野俗乐	042
寐　愁	043
辛丑立秋日登沅江招屈亭	043
散步口占	043
立秋前日与陈、宋诸君下乡饮后归作	044
半夜情思	044
初秋夜	045
深秋夜	045
半夜吟就	045
二月十一病中偶成	046
坐楼偶吟	046
乡　居	046
书生怜	047

寄赠老同事	047
寄赠振海兄	047
忆海南与朱君饮	048
叶飞传语	048
信步忆友人	048
窗前花红作	049
闲　度	049
乡村月夜随步	049
龙舟寄答	050
与友人游	050
故乡古樟	050
话和平	051
瞬变有句	051
自叹秋色	051
赠樟友	052
雨阻作	052
沉想无奈	052
应　约	053
赠梅君	053
答友人问候	053
信步山径顿感	054
不　负	054
吟忆李杜诗篇	054
独坐忽思	055

散步归来	055
诗　箧	055
莫　说	056
解　几	056
自　家	056
游德山善卷遗址	057
诗　惭	057
说　饮	057
石室自描	058
自　醉	058
生　性	058
养　真	059
真　气	059
自　歌	059
自　在	060
冬　夜	060
中秋吟	060
咏　梅	061
孤峰塔	061
诗　醉	061
忽生诗意	062
沅江招屈亭	062
柳叶湖司马楼	062
善卷钓台	063

暑风下	063
秋归老屋	063
老家夏归	064
醒痴并寄赠微友	064
我之群分歌	064
自　歌	065
忽思变脸感作	065
安　宽	065
心　经	066
尘寰叹	066
悟　老	066
怀念诗友	067
豁然新见	068
老家踏青返回途中	068
江边独行	069
清真寺外赋就	069
说文人	069
书房偶成	070
另说隔尘	070
末　伏	070
聚友江舟忆记	071
人乃宾矣	071
顿　咏	071
初言世事	072

醉后歌	072
看暮禽	072
登　高	073
新诗集编成有感	073
候友人	073
问天涯	074
赠广州友人	074
回渡口老家	074
高秋郊原野望	075
善待生灵	075
离城归乡	075
伴渔翁	076
自抱无弦	076
致赏音	076
答怎么写诗与读书	077
听知了	077
思向阳	078
独有时光	078
二月暖回	078
席中吟作	079
登春申阁	079
豁　达	080
深　冬	080
暮春农家饮	080

忆诵《离骚》	081
吾　情	081
寄后生	081
登　亭	082
蝶翩飞	082
自然解	082
辛丑述怀并赠好友韦君	083
溯　误	083
投纶有思	083
赴　约	084
江台有忆	084
山里自度	084
冷中无奈	085
可　奈	085
自　解	085
莫　以	086
悠哉高秋	086
怀　楚	086
戏题离难	087
天论两首	087
人事两首	088
与邻翁饮	088
罢　了	089
骨　友	089

夜　叙	089
素心自述	090
辛丑重登招屈亭	090
知　真	090
忆重诚	091
独坐常德招屈亭	091
去虑难	091
夜下思友	092
德成采风	092
独居思友人	092
不　改	093
居村重读三吏三别	093
寄浯溪农家主人	093
史　思	094
寄王君两首	094
访张家界刘君归来	094
静　对	095
登柳叶湖畔司马楼	095
夏庐独坐	095
不　羁	096
自　问	096
午夜扶杖	096
深冬霾后初晴	097
酷暑盼凉	097

深冬即感	097
寄刘君	098
调渡口翁	098
与友人饮顿吟	098
思旧友	099
寄赠老同事	099
醉赠陈兄	099
独饮月下且吟舜	100
思念误入歧途之故友	100
思恋大兄、二兄	100
忽　感	101
晨　起	101
朝霞对	101
去　俗	102
不　疑	102
说　家	102
坐对晚霞	103
春中病	103
独开闷心	104
忽　吟	104
不闲所思	104
不忘初怀	105
述　怀	105
不　奈	105

清　明	106
小居渡口白云山	106
四　望	107
笑对顽童	107
春　欢	107
秋　气	108
自思自乐	108
紫　薇	109
赠小黄	109
香樟叶	110
赠传晚辈	110
德山舟聚	110
向　善	111
重　阳	111
赠邻翁	111
向　静	112
秋夜愁	112
雪下看梅	112
秋深忽感并寄友人	113
忆小时	113
欢聚柳叶情	113
坐岸所思	114
劝友人	114
重阳归乡	114

往事有所思	115
初霜时见	115
秋　思	115
忘年欢聚	116
诗　述	116
任情旷野	117
谁　期	117
秋深山楼	117
庚子八月廿日小孙满月	118
空　江	118
乐　得	118
应　是	119
溪边口占	119
赠老友陈君	119
谢张兄赠书	120
自　勉	120
无私可名	121
午看弦月有思	121
竹影寄情	121
有　悟	122
闲中得乐	122
邻翁招饮途中	122
孤峰塔野营	123
老年人	123

自嘲并寄好友	123
深爱无忤	124
自　赏	124
说冒撞	124
吟中忽思好友	125
自　况	125
镜照白发吟	125
重阳再登招屈亭	126
柳枝瘦	126
重阳笑容	126
与刘君一日闲聚	127
秋雨郊原	127
莫　怪	127
叹渔船	128
痴　数	128
八月三十晚罗君招饮	128
今　日	129
调事后知明	129
夜　归	129
霜降感变	130
晚　觞	130
诗赠继才君	130
九月初六夜读《杜诗详注》	131
九月十六雨中登招屈亭	131

游河洲甲鱼馆	**131**
寄诗友	**132**
竹折吟	**132**
寄怀诗友刘君	**132**
最爱发小知友	**133**
渐老吟	**134**
不得浮槎空叹	**134**
茶梅咏	**134**
夜宿乡下老家	**135**
戏　说	**135**
乱纷无惊	**135**
立冬过屈亭	**136**
初冬梅林	**136**
新作相寄众诗友	**136**
闲里滋味	**137**
与故人合影题	**137**
多　思	**137**
冬日变暖感作	**138**
老根招唤	**138**
十月小阳春	**138**
回乡惭	**139**
今日乐	**139**
读李杜诗	**140**
知己吟饮	**140**

宿　昔	141
鸟　工	141
难　料	141
谒津市新洲车胤塑像	142
寒庐乃诗	142
根	142
庚子小雪	143
兰　筋	143
几　笑	143
武陵叟	144
独听鸣禽	144
三月思陶令	144
武陵城赴大足途中	145
雨下听布谷	145
大足石刻、龙水湖游后	145
游张飞庙	146
观云阳磨盘寨	146
谒白帝城	146
品三峡八阵图	147
白帝城忆托孤	147
丁酉年正月举家初至海口	147
海口逢朱君传忠老师吟赠	148
信步南渡江海瑞大桥口占二首	148
湘琼杂记	149

自海口寄常德忠星友	152
罗涛君招游五指山	152
笔　直	153
山　家	153
海口福山陋舍初居	154
海边夜宵	154
作栋夫妇海口招饮	154
陪友德兄等友游琼北大草原	155
送伏牛君归常	155
云上作	155
送友子外出务工	156
赠居岛老友	156
自　问	156
缠　心	157
人老心不老	157
海岛初晴	157
闲　坐	158
雨蓑有感	158
进　言	158
春分小思	159
分界洲	159
黄君招饮谈笑	159
信步南渡江归来	160
海口初游	160

寄常德老友	160
刘兄稀龄寿诞寄赠	161
答津市故人	161
叹好运	161
醉　途	162
海口偶逢厚松兄，饮后寄赠	162
有觉某文	163
答朋友所笑	163
二月农家	163
忆常德旧事	164
独坐柔桑杂林	166
夜步南渡江	167
岂　疑	167
冬下海南杂吟	167
笑　狂	169
怀　古	169
黎家小住	169
黎家山村一日游	170
独　居	170
几回梦逢五柳先贤	171
赠黄勇老弟	171
偶　书	171
史　兴	172
夜读偶记	172

述怀并寄陈兄	172
忆春游津市翊武母校	173
复　悟	173
游五指山为风雨所阻	174
寄湘潭曹君	174
有所思	174
自　况	175
无　奈	175
自　解	175
一　年	176
自　歌	176
寄常德振海主席	176
春下黎村游	177
福山杂吟	177
月下有怀	177
劝友且自劝	178
吐　怀	178
自　娱	179
寄赠代惠君	179
留客黎家	180
偶　成	180
寄斌侄	181
寄赠五指山"山东农庄"主人	181
偶　成	181

山中望客	182
答　昆	182
寄答甥	182
德　业	183
野　步	183
山居记	183
寄朗州故友龙君	184
偶　愁	184
行步成都宽窄巷子	184
候王兄来访	185
朋友聚会后作	185
寄赠药山钱兄	185
送　客	186
偶　思	186
《故在诗草》校毕有感	186
述　狂	187
回　首	187
示　友	187
梦遇诗圣	188
思诗仙	188
游三沙	189
海口大雾	189
海口细雨	189
冠毅君赠酒海口	190

看囚鸟出笼	190
福山小坐	190
读经平君春节问候微信	191
深　觉	191
答常德友人	191
游近郊口占	192
踏　露	192
偶逢卜君于海口	192
黎林小钓	193
谒当涂李白墓	193
寒流入侵海南作	193
赠　友	194
半夜思	194
石可摧	194
车过宜昌当阳城	195
过赤壁	195
看　花	195
开　颜	196
重阳前夜与友聚作	196
梦做浮槎	196
香　根	197
福山闲聚有作	197
说孔子	197
忆登常德招屈亭	198

与诗友饮	198
闲　步	198
人　初	199
寄赠继才君	199
陪友人游海口得句并赠	199
无　题	200
五公祠中咏东坡	200
海口杂思九首	201
忆秋下桃花源	202
叩　询	203
戏赠祺琪	203
夜过岳阳	203
寄北京诸友	204
与诗友雅集	204
寒露日自咏	204
为义山抱不平	205
梅林小坐有思	205
中秋与老友刘君聚饮	206
文与生计	206
自　叹	206
笔下滋味	207
多情并寄诗友	207
细雨中	207
知　弱	208

深山独对	208
武陵三月	208
斯　文	209
怀念落杯梅香	209
八月十二夜饮归来并寄周君	209
大欢人世有感	210
中秋时感	210
秋步沅江顿感	210
秋　景	211
漫步山原	211
仲　秋	211
庚子中秋无月夜	212
戊戌中秋夜吟	212
戊戌中秋晨吟	213
辛丑中秋	214
重阳登高并赠晚辈	214
次韵经平君善卷故里吟怀	215
八月十六晨记	215
望落叶口占	215
八月十六夜与刘、冯诸友聚餐	216
辛丑秋风	216
柳叶湖望月	216
连连喜事	217
自调说	217

寄昔日恩友陈君友生老	217
过　鸿	218
邀　云	218
八月二十一聚饮后	218
丙申九月西部游于新疆顿作	219
秋赠侄辈	219
安　归	219
江边行吟	220
诗田躬耕吟	220
寄赠师友诚二	220
思对细流忽感而作	221
辛丑元宵步吟沅江边	221
清晨菊蕾抽开兴高而作	221
桃花源登高远眺情思催发	222
和经平君沅陵二酉山咏怀	222
辛丑重阳节前九日写	222
自　语	223
读经平会长沅陵二酉山咏怀再感	223
小游药山镇	223
与吟朋论阴德	224
踏　涛	224
寒露前两日踏歌	224
游白云山	225
春　老	225

独坐孤峰塔得	225
杖　春	226
送友人	226
坐黄昏	226
戏说学写诗词	227
为鹅声惊醒后作	227
吾　见	227
回常饮作归琼后寄刘君	228
心不死	228
赠　友	228
枯树吟	229
回老家偶吟并寄好友	229
自　戏	229
笑　闲	230
闲家偶忆	230
海南风色随笔	230
初至海口，俩孙儿水土不服，高烧三天方愈。老夫先忧后喜，情极而吟	233
不　奈	233
海口写怀	234
十月十五夜乘机至海口	234
辛丑十月十六有思	235
十月十七海边游	235
小雪前夜信步农信大院	235

闲居海口赠经平老友	236
夜听噪蛙发凡	236
相期并寄挚友	236
山中独酌	237
赠海南罗友	237
山中乐	237
虫　鸣	238
酒乡常德	238
独坐晨光	239
杏花雨时作	239
自　笑	239
寄北京好友王君	240
老家感吟三首	240
秋日武陵寄远友	241
中秋与友人酬唱	241
同乐郊野	242
豪　兴	242
赏菊屈亭忽一落叶从外飘来即吟	242
偶　成	243
与澧县友人共度重阳	243
窗前独坐	243
登　高	244
大山游	244
寄友君梅菊	244

醉武陵	245
忆诵旧作后	245
点　检	245
品菊归来	246
初春示好友	246
答友问诗语	246
重　阳	247
攀　顶	247
答好友	248
午读忽感	248
寒露后第三日	248
山中步思	249
为客桃花源	249
冷愁并寄微信友人	249
忆故时梅园	250
赠小罗	250
故人故怀	250
江畔赏云	251
八　月	251
辛丑九月十三晨	251
生日前述	252
辛丑生日	252
字　愁	252
朋友笑谈中即吟	253

疏　顽	253
深秋武陵	253
乡里初晴	254
闲里坐看	254
做客渡口同学家	254
海边夜归	255
与友人触景闲吟	255
异　想	255
得友人赠诗	256
读诗友诗后作	256
随遇而安两首	256
雨下重阳	257
沅江初春	257
烟　云	258
秋　见	258
深　秋	258
晨　怀	259
信步夜下	259
偶　书	259
谁　怜	260
一　笑	260
好　饮	260
偶　感	261
九月二十五与诸君聚	261

九月二十午应魏君招游山庄途中	261
有　悟	262
乡　夜	262
寄少年好友	262
与诗友聚后	263
无　题	263
深秋做客诗友徐家	263
春入大山	264
临冬寄老友陈君	264
临景思寄刘君	264
吐　怀	265
心　语	265
九月二十八晚赴津探洪涛君	265
九月二十九与刘罗散步于江边	266
柳堤写思	266
捻须有感寄诗友刘兄	266
有感友人论诗	267
倚　栏	267
友　聚	267
初春乡行	268
信步途中	268
自　然	268
寄海南老友	269
辛丑寒衣节	269

偶　语	269
有怀余年	270
老心野	270
觉　能	271
乡居答友人问	271
十月初二夜狂风暴雨，夜不能寐	271
十月初四寒露阳台	272
答友人	272
若　为	272
大风狂雨后	273
久居故地	273
西洞庭湖边散步	273
山　中	274
偶　成	274
十月初七夜石门归来	274
瘦　骨	275
好　字	275
吊王尔琢先烈故居	275
凭吊石门等五县南乡工农暴动遗址	276
风　缊	277
郊　原	277
读吉翁病中诗有感并寄赠	277
闲　里	278
难　虞	278

独　坐	278
秋日乡下	279
诗　愁	279
对　鸟	279
辛丑十月十三与曹君相聚	280
十月廿九夜回常思寄好友	280
冬月初一江边	280
霜　深	281
晨　吟	281
心　可	281
盛世自闲	282
自　乐	282
江边独游	282
莫　怨	283
向　晚	283
自　戏	283
咏　梅	284
人　生	284
心　事	285
倚　松	285
与洪君舟中吟	285
思　友	286
与友人相聚和兴村饮作	286
山中寻诗	286

欲　向	287
冬月廿二散步诗墙梅园作	287
冬　雪	287
冬里屈亭	288
梦下椁歌	288
安　坐	288
秋　约	289
白云吟	289
千古高松	289
问　归	290
题留园雅香	290
佳　怀	290
忘　俗	291
腊月老家	291
信步乡野笑作	291
山　寒	292
醉　春	292
九月武陵	292
夜　梅	293
友人聚后归来途中	293
腊残自咏	293
候　春	294
散　怀	294
静　观	294

新春回乡	295
乡居独思	296
与老同事回老家一游	296
福山小居	297
午后初晴	297
无　事	297
山中友人	298
偶　感	298
小秦王	299
画堂春·归田晚	300
浣溪沙	300
千秋岁·约梅	300
忆江南·宿黄竹包蜜村	301
忆江南·丝难断	301
忆江南·琼州好	301
望江东·伤老	302
浣溪沙·哀秦始皇	302
浣溪沙·闲居有感	302
蝶恋花·海南寒流时作	303
破阵子·沅澧述怀	303
破阵子·步吴君韵	303
破阵子·赠津市周君	304
喝火令·寄故友	304
行香子·幽风下	305

浣溪沙·当知	305
少年游·有所忆	306
临江仙·沅江怀古	306
临江仙·登柳叶湖司马楼	306
行香子·自笑	307
浣溪沙·寒露前三日	307
忆秦娥·恨俗	307
忆秦娥·述故	308
忆秦娥·尽休休	308
浪淘沙	308
天　香	309
渔歌子四首	309
鹧鸪天·赏雪	310
一剪梅·梅园	310
雪梅香·自赏	310
巫山一段云·春日	311
鹧鸪天两首	311
摊破浣溪沙·俗鸟	312
浣溪沙·莺歌燕语	312
浣溪沙·身衰心未衰	312
浣溪沙·雁影我惭	312
浣溪沙·明镜	313
江城子·所思	313
江城子两首	313

浣溪沙·等到	314
浣溪沙·咏梅	314
浣溪沙·怡春	314
浣溪沙·有心	314
浣溪沙·海岛有忆	315
浣溪沙·读遗山词感作	315
曲玉管	315
临江仙两首	316
定风波·忆昔	316
最高楼	317
八六子	317
暗　香	317
夜游客	318
浣溪沙·忽喜	318
浣溪沙·初晴	318
齐天乐·闲云	319
蝶恋花·棹歌	319
苏幕遮·坐江	319
虞美人·如今	320
虞美人（另格）·案头	320

瞻仰澧县红军暴动遗址归来

先烈遗怀敢不承，归来更悟业难能。
兴高宿霭小园坐，寻句朝霞红日升。
不负初心多曲折，自甘枯笔恃棱层。
春风正暖江山梦，万步台阶分段登。

拜谒桃源战役指挥部旧址

两水井前情所依，刀光如故睹辉辉。
堪从遗迹求真理，更学英雄不畏威。
初志高悬老骥伏，誓词回响健鹰飞。
来人岂可负前辈，梦下高瞻众帅旂。

瞻仰澧县红军暴动遗址

献罢花篮还拂埃，望碑云断鸟低回。
悼情翻涌志尤铁，老泪擦干心暗哀。
日月长怀思伟器，音容似见愧兵才。
永承遗志澧州子，壮士六千常梦来。

参观鼎城区渐安农民暴动纪念馆

细雨蒙蒙云色浑,天公同戚愧开门。
一墙先烈一墙梦,数点青峰数点魂。
正好年华叹早殁,非凡英气亦长存。
老夫虽老将承志,种善清时福子孙。

市委党史联络组瞻仰帅孟奇故居

一行皆老叟,自觉太迟临。
睹物情难止,无声感更深。
英英先烈志,切切后人心。
不做怅然叹,老泪透青襟。

参观帅老孟奇先生故居

莫雄亘古出奇人,不负忠诚百岁身。
秋照坡头黄菊醉,时清汉寿紫兰新。
泪流吊影同悲戚,心折遗行深惜珍。
舍子割亲皆为党,千年共爱是真纯。

读 史

事成非是一人功，此理应该亘古同。
独步碧溪风色好，微吟芳径叟情衷。
杖头和气平肝胆，山里清标真俊雄。
史上几多贤达士，长酣高显少齐终。

听红歌

七月欢腾沅水旁，老心犹热独相羊。
红歌声里忠魂绕，英烈诗中情义长。
战士欣能战争死，民心唯望国家强。
西风点火等闲看，先灭瘟魔再打狼。

红船歌

神州景色起红船，日出登高壮气添。
怀志百年初梦显，秋光万里一情牵。
苍山吐月迎归雁，古木翻风惜晚蝉。
大国雄观尤悦目，欲狂衰朽乐颠颠。

尽　言

笔秃千篇报党恩，百年惠泽尚源源。
欣看世事尘埃净，细审小诗岩石暄。
采采寒花心向日，纷纷落叶道归元。
身之已朽当无忌，寂寞老夫该尽言。

大庆夜吟

清时不易是当今，衰迈狂为少壮吟。
万众同甘嘉政厚，百年大庆党恩深。
常持劲节滋初意，又得新风润朽心。
此夜无眠岂无酒，杯盈四海共欢斟。

二月廿五午餐陪陈君饮作并寄

次次倾杯同笑颔，初衷早固持恬淡。
静临风月叶声轻，一惹尘埃灯影黯。
秃笔几多空咄嗟，书生不尽自伤感。
苦心片片入清溪，招手斜阳谁胜览。

无 题

一

各怀尘事几相同，只把沾巾独自烘。
天阔银眉孤笔直，秋深翠羽半山空。
风情枉渚情盈杖，月淡沅江酒一盅。
不便语时何必语，早藏羞涩老心中。

二

情结尤深不一挥，昔时当下似全非。
百年诗骨霜华热，半夜灯窗落叶飞。
一枕相思还未已，孤心难寄尚多违。
夕阳西去人同老，不得奈何惆怅归。

三

彩云痴对一堆堆，近倒衰身扶且推。
空忆无期肠自冷，懒吟犹久意难回。
深冬岂负一窗雪，白发偏怜老酒杯。
休了还休休不了，香传半夜苦吟梅。

四

闲宅武陵春色囚，一园桃水下溪流。
有怀衰发心神一，未媚寒灯韵律优。
山好自怜常至醉，诗成何故反添愁。
今宵雾重目难展，不达吾情意半留。

五

蛊惑迷真伪命题，寻常颠倒是为非。
惭无剑气眼双白，恨乏诗坛情共依。
窥影云天岂容诈，照心文镜自腾辉。
因时草木盛衰后，本相空明知所归。

六

天变清晨梦尚残，隔窗风雨过强孱。
相忘痴眼飞双白，如故吟声显寸丹。
云压远峰登楼对，雨滋青叶透岚看。
一声高去还低啭，翠鸟翩翩总弄欢。

和友人诗

云上能眠感浴沂，断机之处见真机。
随行偏得溪山妙，独处更无尘俗围。
老去梨窝笑空挂，狂来诗气意横飞。
一倾百盏君临日，醉得空灵略拂衣。

偶　成

三更忽有暗香鲜，邻舍一枝红欲燃。
所惜此花非共享，焉能服老意蹁跹。

辛丑清明上坟

一

失落清明不孝男，暗随伤感到坟前。
支支红烛音容幻，滴滴香醪涕泪涟。
芳草无言甚澹若，老松如故自森然。
奈何不得予犹朽，只望惭心慰九泉。

二

山景虽佳无意看，哀思缠绕向飘岚。
默离村道泪犹涌，小坐酒家愁更含。
归去遥看春色淡，自知空把世情谙。
清明最苦愚痴辈，不孝生前徒愧惭。

赠高君

几日酣游见谊敦,身衰不失逸情存。
太阳山上心花净,柳叶湖边云水温。
桥影高连沉道义,桂香飘洒醉诗魂。
武陵风色云岚下,万里晴光扫夕昏。

与药山僧友笑谈

似断尘根何用参,久游大野自相谙。
山中长草候虫爱,藤下流溪逸鸟贪。
小酌檐前心自在,长哦林里意谁堪。
花光正在莺声共,千古浮云一笑谈。

与燕君游

踏青难得在初晴,景好德山骄意生。
烟树闲游醉风色,钓台幽思感修诚。
一文深化桃源梦,千古同存屈子情。
痴寄离骚沉澧月,心酣云水共听莺。

与外地友人说常德

常德芷兰天下琛,善卷明势古今钦。
桃源地合陶潜意,沅水痕存屈子吟。
灵气天成多杰俊,花香世与引文禽。
亡清败蒋功难没,念此老夫泪清涔。

四月二十有怀

不将衰目对浮萍,男子岂能无定形。
有兴直文当远隔,贪谋白鬓向沈冥。
竹光照胆暑深卧,松籁怡心宵下听。
壮思腾翻尚时有,夙怀对月泣囊萤。

江林徒步

徒步江林任所观,春风不奈早红残。
初晴绿叶还含雨,乍暖白云犹带寒。
燕影初迷新岁暖,莺声暗啭旧时欢。
相思只是梅林月,花满来年雪下看。

寄赠少林老街友老同学

今日同酬非一斟,老来望聚且难禁。
欣看活水思清定,喜得凉风笑敞襟。
为尔且倾登阁啸,缘何不问踏堤吟。
共浇忧乐老朋友,五十年交还见深。

无　变

尘事几多谁理清,奈何难可总思君。
自怜此夜蓬庐独,有愧中秋雁语闻。
爱恨交成千古恋,始终无变一杯欣。
虽衰老朽犹存梦,醉卧菊团香满身。

端午前回老屋

老家难舍自相偎,生性向来怜畏垒。
晓露洗芳惭体老,清云凝思去心灰。
上空蛱蝶成双戏,越岭暮岚为伴回。
微信已先故人到,一壶陈酒约猜枚。

小暑故友小聚分昏字

杖扶归鸟下黄昏,老眼虽衰今不浑。
司马楼前吊豪气,屈原巷里泣骚痕。
送舟千里沉江浪,留梦万年荆楚魂。
思罢莫为先古惜,红霞烂漫拥朝暾。

七月十三晨作

一

晨风出伏七分凉,江水清清树影长。
两岸渔舟早无泊,一群霜鹤正回航。
沉浮看惯当知定,得失冷然能守常。
欲约德山善卷老,钓台煮酒问知方。

二

元心淡荡赏禽还,难约善卷予戚然。
疏雨闲生犹忆旧,夕阳空对更思贤。
诗明众目今生梦,塔立孤峰万世缘。
自古德山修福地,不逢圣哲怎论禅。

初　心

君子高风岂褫魂，咏歌谈笑老家村。
穷通有命难能自，思想由予不可浑。
白眼还随当下俗，故怀犹见昔时痕。
初心长固乖诗叟，纸扇摇摇度晓昏。

辛丑七月廿九与本之兄等饮聚

二十三楼知友饮，杯中多是故人心。
同舟风雨放晴后，执手年时回味深。
双目尘埃为过去，一壶风色乃当今。
此生有限情无限，君子之交利断金。

中秋夜无月作

虫唱中秋不忍听，豪虞万里接苍冥。
泪流湘水悲天汉，鹤矗沅江出洞庭。
踏野丘山逸情放，闻吾歌啸白云停。
花香不与骨香比，知止善卷千古馨。

酬答刘兄赠诗

朝夕是闲闲思尤，阳台独步为唱酬。
净几环看见怀洁，衰山坐对去尘谋。
雁飞万里全因爱，虫唱初霜半是愁。
亘古世心安可测，谁遮圆月做银钩。

思成熟

莫怪楼中老朽愚，凡尘成熟似仍无。
谁怜俗驾为衰发，还笑浮名做壮图。
诗醉山篱一杯累，梅开冰雪百花孤。
深深回首难由己，得意戏台非我徒。

过松林得句

松筠皆最爱，总不止闲吟。
相惜唯云水，所忧连古今。
有身犹屈指，无泪可沾襟。
乐助故朋处，公论常在心。

诗家叹

诗家有何好，身晃人欲倒。有时为一联，从晚敲到晓。字字含苦辛，声声藏窈眇。风光精意裁，肝胆寸心表。大义足为多，直言能纳少。诗经不易承，汉赋更深窅。李杜意真真，陶王情杳杳。可怜不识才，霜雪侵孤筱。贾诵几开心，苏吟无俗扰。前贤各有长，我辈安解了。视野当阔宽，胸襟不能小。辉光暗暗飞，悟境时时绕。吐句天地惊，落毫物人了。早怜水清清，更爱月皦皦。万物皆含灵，吟呻展最娇。

自　调

所爱平生乃晓辉，狂言不是早无围。
心将鸟语欢搔首，身落秋风爽满衣。
逢世老儒元过客，为人从事岂怀机。
衰衰朽木由心往，一笑江湖莫问归。

闲游成句

自古无曾变,俗尘故事多。
酬春理南亩,写橘卧东坡。
大笑如天醉,不求奈我何。
风情用诗展,好句更相磨。

难　为

岂可不知足,老心非己忧。
诗怀还待索,素志尚无酬。
大笑穷霄汉,自欺老白头。
余日归何处,似欲做耕俦。

说　惭

人生临曲折,视野更宽宏。
莫似俗尘脸,浑忘烟紫情。
来迟梅叶尽,有爱菊花明。
意志仍如铁,独惭无一成。

心半由

对人对事一无求,虽隔尘嚣心半由。
高对闲云寻逐过,静看溪水绕湾流。
深层养性天之乐,敲咏畅情时亦愁。
意结全抛神气爽,登亭一啸寄骚俦。

初秋赠经平

又得秋风凉半阶,芳兰雅雅共书斋。
原能红叶寻新句,尚用澄溪洗素怀。
饮德情随从不赖,吟才天就未全埋。
舒徐绝问风尘诡,云水相怜与叟偕。

初秋闷

旧诗无力改,白发几根留。
竹影摇闲日,菊香消闷秋。
荷池衰气甚,枉渚素心尤。
造化只如此,何须黾勉求。

八月初七夜中

秋山穆穆候来宾,不语画庐情意真。
晚雾门侵小天地,新篁窗对隐风尘。
尘空黄鹤楼台静,心澈碧流兰芷邻。
窃笑新藤依古木,情投早已去年轮。

欢　颜

欢颜自常有,秋夜最牵萦。
月涌星河荡,云恬灯火明。
堤光扬逸兴,虫语入闲情。
岁老吟难老,谁能共我鸣。

步　秋

清风催早起,晨步度凉辉。
云厚秋光弱,虫鸣黄蝶飞。
紫薇犹放艳,露水渐疏稀。
任我闲情意,留欢又满衣。

徒步郊山

徒步郊山野兴尤，逸情舒卷总难休。
依风黄叶虫声淡，寻月清溪树影俦。
几缕菊香心近醉，漫坡果熟意堪优。
殊佳画面存光圈，不负武陵八月秋。

德山郊游

自抱初情野气仍，晴云含笑一层层。
深留秋浦溪声弄，不负晨山霞气蒸。
老木向天情共直，清风上塔意同登。
眺看千古老胸阔，造化从无应不应。

大野闲观

苍然大野早慵梳，独钓不惊跳水鱼。
秋里微云犹断续，江边老树甚舒徐。
得欢鸟语吱吱闹，将别花荫暗暗疏。
景下有情情有景，自殊风色借诗嘘。

寄好友刘君

笔枯难有赏心诗,独忆刘君寂寞时。
径曲风微秋草瘦,庄幽林茂暮霞披。
颜开高兴醪中惜,笑里推杯音下知。
等到情酣重聚日,细斟明月到晨曦。

秋下答友人

秃笔无情难任挥,峰高瘦草甚巍巍。
秋光淡淡残蝉病,清气悠悠败叶飞。
鸿雁正回苍野阔,蝶蜂还作紫薇围。
莫愁游叟何来去,沅水琼山尽可依。

寄小学同学王叟

百年牵挂两苍头,难断人间稚齿俦。
纵我行歌琼岛醉,思卿佳语月宫偷。
长杨枝折离和别,夹竹桃红夏与秋。
故事萦怀故情在,老心疴苦莫装愁。

秋归独酌寄老友

自好云山且自骄,千金不换共逍遥。
秋薇着意不胜丽,败叶知时多自凋。
坐对溪鱼吹碧浪,高吟旅雁过丹霄。
归来情洒深杯里,未尽相思为尔飘。

调半夜留醉

云雾深秋日色浑,诗情生就不须存。
遗风对笑沉山影,故事堪留荡野村。
橙熟兰窗蝶来扑,菊香诗榻鸟啼昏。
三更一醉无天地,空盏还留明月痕。

中秋信步

野果皆成熟,中秋少瘦禽。
清风吹败叶,俗气灼仁心。
策杖江涛涌,啸歌塔影沉。
老衰宁日少,亏在所思深。

中秋夜即吟

堪笑凡夫后悔多，兴高今夜老诗魔。
梦存翰墨能穿石，情寄银霄漫涌波。
盈盏菊香盈盏月，一江秋色一江歌。
人生弹指顷间去，风物身边莫白过。

寄晚辈

能明憧憬影憧憧，飞雪初停景一窗。
佳鸟卧听欢落枕，残梅愁对苦倾缸。
冻云犹尽有春暖，槁木将枯何力扛。
大势已成安可止，洞庭波涌出长江。

正月初晴

初晴林下鸟声频，正月武陵灵气振。
倾咏物情回梦影，半酣村酒壮吾神。
梅红坠地残冬没，柳绿一枝万里春。
衰盛有时总如此，故香不散早藏身。

乡里归来即成

果香田野乐为宾，山里归来情未贫。
叶满窗前秋色壮，云闲江上月轮新。
重阳杯影心犹爱，五柳锄痕我所亲。
难学先贤步陶体，只将逸趣入吟呻。

诗　事

一

林密鸟欢山色奇，宜慵宜散尽宜宜。
真酣村叟酣湖海，不爱渔竿爱酒诗。
残日闲生云荡荡，微风小饮木离离。
如吟似寐三更后，溪水孤舟逐月移。

二

相别年余乐僻乡，深居无闷更无妨。
所贪诗笔犹能化，岂有明珠不放光。
野老义高嗟我饮，山蔬味厚望君尝。
俗尘多是俗夫见，既厌人评厌上墙。

三

不值半钱难卖文,老夫偏爱自欣欣。
闲敲星月一杯酿,醉嗅兰茝万里熏。
酒里故朋愁落叶,诗边妙趣欲停云。
数年吊影先贤地,入骨孤高何以群。

四

时是北风时是南,迷茫而立对江岚。
紫薇还野清香聚,木槿犹残玉蝶贪。
秋下郊原仍是梦,诗中霄汉甚难参。
归来忽见雨云涌,天变当怜苦咏男。

五

莫笑老夫老更痴,文中乏志敢吟诗。
一轮明月云间照,满岭醉枫霜下滋。
故宅情纯旧痕识,破琴义厚晚莺知。
只将钟爱沉杯底,素仰先贤常牢持。

六

菊香一径甚清森,策杖而来未老心。
得失皆微自夷旷,是非不问拒推寻。
氧增疏雨江郊去,兴起轻风烟树吟。
忆诵《离骚》鸟无语,屈亭松柏立崟崟。

七

疏狂老朽岂消沉，夏色堪浓卧玉岑。
径直赏园乘兴至，清香迷蝶用情深。
梦中生句还任拙，月下听荷尤醉心。
打发闲时一根杖，不穷风物入诗襟。

八

春温寒屋复添辉，谁解乾坤造化机。
奇杰韵愁流俗赏，圣贤书笑楚狂讥。
新莺栖木千声啭，败叶闻风万片飞。
百载守贫诗几卷，老心如故自无违。

九

古今春蕙伴兰俦，相聚生欢仪羽游。
心虑早非尘里有，诗情自古饮边尤。
一篱红树院中宿，几片清云月上浮。
友去抱琴自成寐，三更入梦在沧洲。

春下日常

芳树鸣禽好为邻，不便行走慢踆踆。
溪边歌啸老心振，林下吸呼空气新。
古迹每寻犹得意，残书常伴最相亲。
还愁平日闲时少，难止吟哦又一春。

辛丑七夕夜

无情七夕雨霏霏，独在寒楼思放飞。
千古最愁徒入望，一心长痛不相依。
空言银汉怜丹鹊，嗜酒东篱望白衣。
天上尘间只如此，好人好事总多违。

七　夕

千秋恨仍在，最是离人泪。
七夕雨飞飞，一山风瑟瑟。
时时情总缠，往往意难遂。
未虑在今宵，机杼何以织。

论　节

斜阳暖色隔窗看，老骨怯冬犹自欢。
一钓台闲已能静，三更云语似无寒。
气高雁影留声别，春到梅花含笑残。
不可自羞君子节，英雄对酒羡阿瞒。

传　灵

谷气幽幽更转阴，斜阳半醉入枫林。
寒虫独忆孤峰啸，老菊偏怜五柳琴。
河洑有河酣暝色，药山无药荡禅音。
声容空实同中异，自古传灵在一心。

醉　书

家有好书身易安，俗心空对自怡然。
深冬树木枝枝韵，万里风云缕缕烟。
对酒黄花高气聚，分筹白月逸情绵。
人间本是神仙地，为害如今几倒颠。

初春坐德山善卷台

闲看雪化洗尘埃，季变乾坤有异才。
暖照穿阶高柳醒，初熏落地早莺来。
江边败叶飘零去，枝上新花次第开。
大好时光谁可阻，一宵红满善卷台。

放 怀

一

一啸德山秋气澄,江岚正隐水清清。
坐峰呼吸初怀热,向日行藏大义明。
耿直松筠何块垒,赤忠车马淡功名。
稀龄之叟更无谓,欲上闲云万里行。

二

晨意悠悠兰气芬,情心正欲上游云。
义深晚节忘年月,情重秋香爽骨筋。
老友多因家事困,唯吾每为梦诗勤。
苍山送酒黄昏里,片片月光同一醺。

三

初怀不止欲攀云,鸡唱推窗候晓暾。
华发长披道心壮,逸情飘转世仪存。
笔投时雨丰青气,杖策新诗招楚魂。
麻履清风三万里,一肩明月到昆仑。

有 怀

一

人生一路有欢悲,漫对秋风萧瑟时。
花合朝朝是开落,情真径往又分离。
仙凡共恨如心少,日月空怜解意迟。
鸟返黄昏双翅软,晚霞犹暗自相随。

二

爱饮之身已惧酣,奈何愁抱苦煎煎。
几卮清酒几卮泪,万里长江万里船。
一朵闲云与谁共,遍山飞叶自谩怜。
老来偏忆随心日,畅达无忧是少年。

三

盛时谁去卜云禔,知友新来共醉沉。
地好烟霞尘虑淡,秋高云水日华深。
和风丛菊香酣梦,圆月孤峰塔在心。
一笑所思皆去矣,千杯歌里伴陶琴。

退休六载感

四方来去早无禁,致仕方知闲下衾。
甚爱云游感同梦,时欣鸟语觉谐音。
一山风雨倚松悟,六载烟霞共蝶寻。
多许幽冥多许惑,杯中品月足惛惛。

与友人聚饮德山酒楼

一

能得相知几世修,孤峰塔下善卷丘。
一吟沧浪骚魂壮,双啸沅江诗兴遒。
木秀德山飘翠霭,芷香枉渚舞霜鸥。
清醒难得糊涂又,渔父歌中知几愁。

二

菊花吾友一团团,云水怡情自达观。
声啸孤亭凫影泛,杖桃明月道心丹。
爱随红叶挂枫木,欢向碧溪怜镜澜。
诗赋德山文运焕,慈心无减善无残。

述自明

身在俗尘难自明，心同止水理清浑。
流云寂寂转寒暑，归雁声声翔晓昏。
万里长江一面镜，亘今黄帝九州魂。
生无侥幸更无隐，蓬叶飘飘不脱根。

春下思

熏风无处不飘英，雨洗尘埃景更新。
桃李初肥犹识面，禽虫可狎甚相亲。
野云恋恋牵清梦，溪水依依伴老身。
好梦虽多向三岛，惭无大悟脱根尘。

即　景

桑麻离我远，鸟语用心听。
紫气飘千里，清光聚一亭。
闲愁仍未止，初梦更无醒。
沅澧自如故，漫山兰芷馨。

思师友

世故尘心晚菊谙，桃源有梦自清甘。
身和曙色吾犹懒，笑对寿光谁可贪。
日落远山千恋止，叶沉明月万晴含。
若无豪逸何知己，欲约东篱同一酣。

赴友人约

多日闭门书为邻，今应好友杖霞晨。
残梅照眼忽惊拙，大野熏风正扫贫。
知暖鸳鸯一佳对，得时杨柳半壶春。
老衰知己相逢少，此去岂能无醉巾。

归　饮

秋风快意步虚空，草木先知拟向冬。
明月半壶山道短，清风一阵桂香浓。
远溪橹动渔光曲，衰柳枝摇邻叟容。
知我归来盏无浅，三巡过后两轻松。

自　诼

平生所虑密周稀，老大何因反细微。
犹醉晚莺仍自啭，知秋大雁正思归。
堂前候燕将长别，心上垂阳挂一辉。
半夜听鸣人未寐，月光知我入窗扉。

应邀上山庄

故朋相约去山庄，残暑花稀味更芳。
枝上玄蝉唱炎热，道中白发望清凉。
云客迷眼欢犹近，风色醉人愁尽忘。
留客农家月明后，桃溪宣濯老而狂。

自　述

山川有寄度光阴，率性而为无所任。
古木野桥闲散到，残碑遗石僻幽寻。
野云渺渺宣飞梦，溪水清清好洗心。
弯月一轮早相约，三杯以后再推襟。

寄赠珠海忠星友

一

随邀便到老知音，四十多年交结深。
几月不逢多日梦，半生唯醉一樽心。
养鸡抱犊非吾好，种豆载肴任自吟。
生趣当年曾记否，未来同绘步芳岑。

二

坎坷谁无不用烦，蓬莱未必尽全然。
舟中太白还惭月，梦下庄生非是仙。
小酒三杯欢对蝶，清蔬四碗不因禅。
寄身山水只为梦，仪景犹将尘挂牵。

说完美

一杯小酒付清闲，老大唯求心体安。
独秀断山胜景处，无声斜日赏心观。
息机应解尘尘妙，真意何须事事完。
记得去年枫树下，最迟凋叶甚殷丹。

偶思三绝

一

世事千年畏一声，做功越大越无情。
奈何不得蓬庐叟，唯可回头望后生。

二

夜下敲门旧邻叟，半壶村酒载情深。
樽前过客千千万，还是布衣最近心。

三

明月一轮如挂枝，乃予孤步老林时。
衰身有限景无限，心共物人心下知。

诗　思

一

几曾势溃戒功亏，积虑至今非固痴。
大造千秋唯正本，先贤一脉壮骚辞。
亲吾竹杖知心友，恋旧荷衣笑世为。
古国文明正当下，不承传统莫言诗。

二

病身如缚不纵情,只把凄凉对夜萤。
力出重围才未可,空持自在句难成。
残花低泣向莺对,一盏满斟邀月倾。
谁解老夫心下苦,半为诗文半为行。

三

一肩霜雪老顽童,弄墨多年懒问功。
身染江湖千顷浪,杯添肝胆万寻虹。
谁欺气力如飞叶,岂让诗词类转蓬。
尚忆汉唐昌盛日,此心难与路人同。

四

常操孤直散氤氲,春日难持百草薰。
澧水兰香衰楚泪,沅江霞照暖鳞纹。
月明疲虎犹能啸,林古高材总不群。
惆怅应知诗圣谏,莺啼送客苦堪闻。

五

文情自在不须寻,几点火花犹淬金。
甚喜溪清洗尘俗,懒为诗苦抚烦襟。
白云望去疑无兴,蝴蝶飞来似有心。
未隔凉风古亭饮,莺声宛宛正劝吟。

六

茫茫寰宇自浮沉，生性昭昭绝伪吟。
孤鹤幽怀堪免俗，小虫醉语岂由心。
故情偏好从言直，佳境总难为句擒。
枯笔难酬恨才浅，丈夫几个做阳喑。

七月十八赠明哲

闲中物事奉良箴，吾乐吾忧一抖衾。
盏里知朋怡酒事，杖头明月爽诗心。
残虫浅唱秋凉早，败叶哀飞溪色沉。
多畏雪霜非尽畏，幽梅怀爱不容侵。

七月二十自述

琴酒随吾浮窈冥，一轮清月对闲庭。
心从乐事难知累，神赐吟情何以停。
尘外常思仁德美，梦中犹有芷兰馨。
诗愁自愿魂颠倒，拂晓鸡鸣还未醒。

诗　愁

早将闲暇做雕搜，才浅衰身意未休。
白日暗催难酌句，德山遥对尚藏修。
一江波色迎归雁，两岸柳烟迷远舟。
白蝶飞过影仍在，无端心底忽然愁。

莫计酒

老颠同好好颠杯，西下垂阳畏计回。
吾所狂兮吾所爱，地之妍也地之培。
至情无限一心抱，大度何边百鸟来。
岂虑知朋几盅酒，丈夫不可失风裁。

独　问

独对苍天问暮晖，怀愁草木与谁依。
降旗曾记哭孙皓，唳鹤每闻悲陆机。
天下是非时不定，人生福福可知几。
沅江不语天犹变，风卷惊涛拍石埼。

与老朋友逢聚作

所怀于今乃神意，相共有心连咏缘。
能得此逢情逸翩，知人流水载欣然。
横桥瘦影愁溪柳，抱月清辉映石滩。
莫怨秋风花渐少，一枝黄菊万般妍。

寄初交友

能添直友甚怡怡，禀性先倾早互知。
岁好甚安幽寄里，秋流不误淡寒耆。
鹤鸣欢适随杖日，龟伏瘦生孤处时。
舟泊清风明月下，一杯小酒换闲诗。

忽忆儿时春节

正月故乡多畅饮，难忘户户挂灯笼。
笑谈仓廪又谈灶，醉舞欢狮更舞龙。
柴火熬糖人面暖，村醪腊肉节香浓。
家人一桌团团坐，过去忧欢酒一盅。

夜步常德城河

常德城河好醉饶，彩虹座座度昏朝。
太阳山翠神魂绕，柳叶湖清纤手招。
白鹤飞鸣连枉渚，樵郎闲对上秋霄。
月明沅澧芳兰夜，亘古相牵心上桥。

夜读文友诗词赋就

沉吟尔作羡韶颜，蜂蝶穿飞妙语连。
笔下满盈书酒乐，诗中还冒菜肴鲜。
虽分夕露花犹寐，共沐秋风月正圆。
文字交深情味独，不曾谋面更相怜。

说　心

一

忧乐有终相以依，可怜初梦转头非。
日斜红叶情随笔，身落秋风欢满衣。
思逐远岚弦月早，爱攀暮霞逸禽归。
天生磊落且疏旷，只以丹心吟我希。

二

衰残哪奈步踆踆，与尔相和澧水亲。
今坐屈亭豪兴起，昔酣初菊闷怀伸。
云山哪有风光客，运道难容疏旷人。
何故达贤还梦说，吾心不改且留恂。

与经平君饮

去我茫然几赏音，早将尘梦寄云岑。
醉随疏雨堪纵意，喜得凉风便敞襟。
今日和君哦旧作，昔贤于世爱幽阴。
人生有限名无限，达士偏怜自在心。

示 儿

荣枯交替一秋春，岁月从来不惜新。
桃李无机风落叶，江湖有识水亲人。
百年相伴青灯爱，半夜常醒讽意真。
潦倒穷酸何所在，小诗千首表衰身。

秋风醉

长风三万里,正是暖秋时。
梅叶纷纷落,雁群急急驰。
无岚山旷朗,有舞石祺琪。
回首黄昏后,霞辉不忍移。

立秋前夜作

半眠三伏立秋前,愁闷难消暑气煎。
行步荷光红树下,倾杯月影碧溪边。
有朋同诵人如醉,知路多歌意欲仙。
难得身衰情甚执,乘风一笑老天怜。

屈亭感慨

云闲江碧屈亭凭,天性迂愚素志仍。
世味自新非我觉,诗怀如故有矜朋。
群鸥过尽青岚远,小作吟成旭日升。
偷得人生百年后,何须对镜惜棱层。

梦 狂

夏炎花草自绸缪，唯恨衰摧心不由。
枯笔轻吟灯影瘦，夜莺低唱月光愁。
风来竹榻添凉意，暑退叟身思旧游。
野性难除老夫子，梦中还做大荒投。

醉 山

尘烦一脱大山中，故友时来感子充。
村酒饮余春色暖，小诗吟得曙光红。
杖随溪径径尤好，云别山峰峰未空。
清气洗怀怀早醉，野桥忘返白头翁。

野俗乐

不去尘埃未解真，沉迷野俗赏风淳。
晓莺高啭东方亮，溪水欢歌故宅亲。
老友途中酒先备，今怀笔下意如新。
忽闻门外吟哦至，异耳笑声惊四邻。

寐愁

半寐寐难如抱冲，古今生梦似相通。
数年疏影诗灯下，一片痴情曙色中。
白发闲吟蝉语急，青山暂卧竹楼空。
谁知柳色尤惆怅，懒理黄昏扶杖翁。

辛丑立秋日登沅江招屈亭

招屈屈无形，空留招屈亭。
所愁何渺渺，相望尚惺惺。
天意心如故，吾朋梦不醒。
江中侵夜客，草上照书萤。
暑气不知止，热风仍未停。
隔堤闻橘颂，月静共倾听。

散步口占

莫使心中无快乐，千年只在眼前过。
回首瞬间头已白，一身坚骨奈吾何。

立秋前日与陈、宋诸君下乡饮后归作

借君一杯酒,洗我素怀愁。
岁暮稀龄近,身衰赋性优。
空言当泛泛,厚义自悠悠。
临水影相对,出林鸟自由。
感时书幌冷,览胜兴情幽。
道悟知清世,心狂思污抔。
惘然几银发,何以少金眸。
得失常无定,荣枯自不侔。
丈夫岂私己,只可为民谋。

半夜情思

秋雨秋风各自宜,荷塘应已绝烟姿。
经纶尚在且深负,老壮所怜还固持。
江水初凉心照日,晚风犹好月圆时。
欢痕历历犹迷眼,高谊有惭何已而。

初秋夜

自凉秋夜甚怡怡，月下荷风同醉谁。
多载痴愁萝影守，一壶好酒桂香资。
欣和兰友倾斟日，可约梅花绽放时。
此意应怜一厢愿，凄凄老朽恐为期。

深秋夜

迟暮虫声不忍闻，秋风一夜破浓雾。
篱墙柔蔓知时节，山谷幽兰脱俗氛。
已厌寒蝉唱衰柳，欣看旅雁出重云。
辉辉天道谁能逆，仍信英豪可逸群。

半夜吟就

病愁穷叟实堪怜，冥想沉吟诗兴缠。
意树迂疏怀未朽，心灯高照思清妍。
远飞征雁情犹在，新至归莺妙可传。
幽月似知吟下苦，素辉忧隐对无眠。

二月十一病中偶成

时生波折作常看,何必临江问钓竿。
秃发几根坚素抱,孤灯一盏守清寒。
心留旧梦待春暖,鸡报知心共晓丹。
自始不疑天道振,登楼云上听归翰。

坐楼偶吟

世俗神奸几朴敦,苦于无奈独招魂。
天行两字惑终岁,人事千秋同一根。
高士隐深安晓梦,老夫酣浅泣残痕。
孤灯苦守箫还弄,楼上低吟山月昏。

乡 居

天行得道意佽然,日暖衰身自负惭。
薄露常留情别有,寒楼独坐理勤参。
桃花零落春风弄,村父欹斜樽酒酣。
古俗犹存何用问,山人厚我乐分甘。

书生怜

何时人事不相同,鲜见书生几达通。
岁月已非安寂寂,尘埃懒拂自蒙蒙。
伦常颠倒亲情浅,古义支离哲理空。
难伴游云夕阳下,更怜宣父叹飞鸿。

寄赠老同事

宴中尤感故情真,同事曾经回味深。
昔日开心还小摘,即时逸趣出欢斟。
相看含笑人皆老,做伴弄闲吾有吟。
乐在今朝岂无悟,人生五福不须寻。

寄赠振海兄

俗根犹在绕浮云,饮不投机半盏醺。
岸柳凄凉抱残梦,江岚摇曳坠香氛。
吃钢咬铁真男子,意直情深乃至文。
恪守初衷诗骨老,丹心一片未忘君。

忆海南与朱君饮

欢聚一朝多一朝,杯中垒块共君浇。
岁寒心死懒挥钓,鸟瘦声微强弄箫。
但信花开终有日,也知春暖是何宵。
曲中情思谁来解,遥望海涯正涌潮。

叶飞传语

叶飞传语可心知,正是仲春花盛时。
清露堪怜香雾泛,彩云犹助暖风驰。
气温还抱光和爱,怀正多添善与慈。
自古荣枯皆不免,化泥草木自怡怡。

信步忆友人

信游郊野白茫茫,佳句未成犹惑惶。
俗雅皆怜思有别,盛衰时见悟无常。
从教化石沧洲啸,还欲驾云霄汉翔。
何日能逢石门会,得诗更做李生狂。

窗前花红作

故事时而乐在胸,疏狂还做暮龄雄。
不为飙烈初心固,懒顾霜深俗事穷。
白雁重情爱秋水,黄花近老笑东风。
相思不尽晚霞里,难舍窗前点点红。

闲　度

闲度山川任意游,吟余坐渚看鱼钩。
朝霞光艳一竿梦,晚菊香浓半夜楼。
思落故怀醒眼滞,情牵暖笔醉心投。
近来诗兴波澜处,耿耿杯中鹏影浮。

乡村月夜随步

沅江不负踏晴沙,天下桃源景太奢。
佳兴正浓三径露,真机能识几枝花。
初心好在时成梦,古义难齐还问槎。
最是风恬春月夜,禾苗郁郁醉鸣蛙。

龙舟寄答

鼓声端午闹庞庞，愧感顿生愁一腔。
乱语冲来风破耳，昏灯望去月浮窗。
楚魂千古丹诚一，诗客长戚白鬓双。
无奈之夜无奈叟，低吟当哭实愚蠢。

与友人游

风暖武陵怡侣俦，好欢郊色任闲游。
月明行路为人喜，瓢饮丈夫非己忧。
不向残梅问春事，同怜野水作诗筹。
吟成一笑酒三盏，佳句偏心欺白头。

故乡古樟

归来始觉故人疏，只有古樟尤识余。
同语长怀欢昔事，开心大笑会乡闾。
花间一梦同迷蝶，月下三壶共醉鱼。
野性难移半醺后，比高攀木又如初。

话和平

天人本是一根生,水土相依何以分。
樵径道中走溪霭,渔歌声里荡溪雾。
相同物润春催笋,不负空晴鹰出云。
最爱人间三四月,山川共秀乐欣欣。

瞬变有句

瞬间天变冷云垂,独对孤灯还起疑。
不恨无情冰雪厉,只愁如故鬼神知。
一杯陈酒浮流影,几点残梅暖瘦枝。
半夜霜风弯月下,木然应是更相思。

自叹秋色

秋色曾怜几度痴,眼前风物莫相思。
劳飞菊蝶流光短,待散柳烟心力疲。
云变初衰愁弃尽,月孤同饮共修持。
理虽如此情非此,俗世奈何头自垂。

赠樟友

沅澧多樟树，老家樟最亲。
年年照常绿，叶叶暗中新。
逸态迎游子，清香醉故人。
余生与君伴，有爱莫言贫。

雨阻作

晨练之时忽变天，墙檐暂避思蹁跹。
阻吾狂雨实堪恨，伤意落花尤可怜。
闻鸟忽愁生理苦，望云大笑世心禅。
酒俦来电相招饮，俗里犹多老圣癫。

沉想无奈

非非沉想几治愁，明白之时空白头。
结客多呼孤月伴，逸鸿思作五云游。
吟随夜月叹烟树，心苦春雷震梦洲。
历代俗儒门第耀，熏风几处度扁舟。

应 约

老天难阻小微信，一再发来深见诚。
古木凉风犹合意，秋光雾月也催行。
篱边残菊知肝胆，窗下孤灯照淡生。
此去猜枚友人约，小诗不负饮边情。

赠梅君

花木一园尤向梅，秋光不谈理条枚。
旧醪杯下存亲厚，老鸟嘴中含爱回。
同物风情多感慨，诱人月色独敲推。
为君吟就惭临镜，白发欺吾常督催。

答友人问候

端午诗家意气宏，一言问候我心倾。
笛声吹雾露华垂，鹤翅载云风语轻。
茅屋忆吟怜杜句，菊园理秽见陶情。
稀龄已近甘消索，只是初怀时绊萦。

信步山径顿感

徒有文章难自慰，久无良策为尘谋。
空山独步今谁苦，落叶纷飞万古愁。
自向浩穹呼俊逸，更于新咏问清道。
黎民之事诗家事，早固此心何以休。

不 负

不负高仁世所崇，小楼虽旧气仍雄。
围亭菊竹高秋茂，一岭霞云千里同。
青眼自开迷旧德，古心长固向先公。
只因身老梦难老，热血盈腔循直躬。

吟忆李杜诗篇

李杜闲吟古意流，诗家义愤实难休。
谁知尘苦枕边冷，常慰菊香心上浮。
薄俗早令双鬓皓，高贤岂止一怀愁。
凌峰去敛千年气，不白风云笔底收。

独坐忽思

墙头挂历翻无力,难受故人年见稀。
寒色正消欢渐渐,春香初动妙微微。
逸身宁负门前柳,安钓犹惭溪上矶。
不误余时为一啸,老狂思发咏沂归。

散步归来

悠哉岁月不衰心,扇拍蚊蝇借力擒。
夕照落金摇水碎,寒烟凝碧入春深。
幽丛残夜思萤火,败叶轻风下蹄涔。
天阙遥猜情自醉,何时肩上卧游禽。

诗　箧

一箧热风一箧寒,半吟初蕊半吟残。
旧遗多是清怀集,新咏未成精力殚。
俗客岂知诗下苦,青灯时见笔头难。
此生合会东篱寄,独向渊明傍柳餐。

莫 说

莫说曾经该不该,俗愁轻抖尽如埃。
碧梧承露莺双啭,修竹含风酒一杯。
万感扶筇山水助,三更得句鬼神培。
开窗问月谁为客,梦得云霞几点灰。

解 几

古今谁解几,故事故乡存。
身外非予意,骨中黑土根。
得传黄菊露,难去老醪痕。
淳俗能千古,忘怀又一村。

自 家

自家辞赋自承传,才竭身衰难向前。
几朵黄菊候陶柳,一壶陈酒待诗仙。
相看山鸟云回转,对语溪鱼藤下连。
野桥摆踱方知妙,斜阳片叶落枯肩。

游德山善卷遗址

孤峰塔影恋千帆,望向洞庭清浪连。
心友窗开落晖入,雁飞云断贮愁添。
九秋老叶怀工部,五岳高标照善卷。
世事坐闲推测外,白丝吟倦白虹边。

诗惭

李杜诗词今古稀,思行百载亦微微。
入怀淳俗武陵醉,润句遗风文德威。
遥望青山思大义,虑乘白鹤向圆机。
自怜生性太愚拙,独向高阳化一辉。

说饮

论古谈今白发狂,洞庭舟饮浪成章。
云栖枉渚遗愁戚,鸟入桃源不乱行。
溪上竿情向秦洞,杯中风色数高阳。
一弹指顷千千载,煮酒曹刘万古芳。

石室自描

石室柴门南向开，野香峰隐自然来。
情深不语思三友，琴拨无弦传九垓。
爱暑虫声唱朝日，摩霄山色映高材。
无心俗事般般好，一卧凉床便鼾哈。

自　醉

诗敲风色岂嫌精，无职无权酒面赪。
招屈亭中论世运，春申阁下起涛声。
三秋品菊菊尤艳，半夜挑灯灯更明。
读罢《离骚》读工部，风华不再老儒生。

生　性

生性浩然纵逸行，时邀好友做游巡。
溪山对月情无改，松竹和梅骨所亲。
无职余生尘眼净，有诗三集素怀真。
临江待鹤心非古，听鸟霞边最醉人。

养 真

养真方可豁神观,不改初衷守寸丹。
诗亦忘年多直道,月能对饮去孤单。
飘然旷野穷身乐,归矣清荣晚岁安。
故友常来问身体,香醪数盏似无难。

真 气

山光有醉渐疏慵,本色仍坚颜改容。
身老骨筋先老眼,岁寒梅竹更寒松。
一樽滋笔故情固,三友论心真气浓。
欢绽冰霜魁杰士,枝枝含笑在隆冬。

自 歌

世人难解讽狂伦,自有时光随意行。
独酌对天哀落日,大言壮我藐霄峥。
伏波古道鬼雄叹,司马遗踪才气晶。
不负先贤当脱颖,小诗几卷永年名。

自 在

清风盛世可同钦,月下何须百念禁。
石镜相看虑双倚,寒山静卧悟频临。
神机有意意难识,法本无禅禅自深。
小拨云灯参半偈,任由任在是吾心。

冬 夜

夜冬谁解物区萌,月挂高空万象清。
灯亮蓬窗人未寐,云飞雪夜雁无惊。
神机难遇非身拙,诗意无央待曙明。
不失恒心霞涌日,连家鞭炮入新正。

中秋吟

残年有幸两肩轻,秋阳每伴总多情。
餐菊德山思化育,泛舟沅水羡澄泓。
尤欣皓月重阳爱,更喜繁星两岸明。
夜下武陵皆是美,林幽人静醉听莺。

咏 梅

最爱梅园寒下辉,枝枝盛放候春依。
郁葱生意独零落,送尽鲜香暗暗归。

孤峰塔

德山高耸孤峰塔,自笑岿然对万澜。
客旅回望老兄弟,一宵千载送平安。

诗 醉

溪山不语郁葱葱,未负老天桃李风。
三月踏歌移绿陌,一腔晚兴对蓝空。
清谈笑逐丹衷固,佳句寻成老气雄。
懒与俗人言韵趣,最深情谊在诗中。

忽生诗意

云闲天淡万灵钦,几日干风甚乱心。
扫石石清新竹直,浇花花发故情临。
断追春色怨犹爱,空对大江浑且深。
老燕相窥一招手,独牵诗意入温衾。

沅江招屈亭

屈亭高望便成诗,不竭骚风惊世奇。
只把丹诚寄兰芷,唯能抑止白头垂。

柳叶湖司马楼

柳叶湖边司马楼,碧波涵月解春秋。
牢骚浇得千年笔,万种风情写一鸥。

善卷钓台

钓台风雨恋渔翁,一隐千年德永崇。
胜迹斑斑堪记取,莫令先哲大仁空。

暑风下

慈生淡荡绝贪瞋,兴致来时漫饮醇。
花落方知花色好,暑深更感暑风亲。
园中小雀追蝴蝶,门外闲翁忆故人。
衰渐扶藜随意处,流溪略解俯清沦。

秋归老屋

几垄荒田作绿畦,忘身闹市自酣兮。
思无俗扰归禽静,喜自情衷晚菊迷。
日薄德山云影渺,霜深澧浦雁飞低。
忽闻暮鼓深林处,欲上仙垓哪用梯。

老家夏归

野色乡风助我吟,新朋故友爱投簪。
蔬园重兴资余趣,村酒难辞情绕襟。
溪渚鸥翔存玉影,荷塘月照满清阴。
归来正遇连绵雨,乐与山川洗俗心。

醒痴并寄赠微友

微信言亲老朽怡,武陵腊月汝应知。
柳摇冻水渔烟淡,云压寒峰雁翅疲。
暂倚屈亭赏冬色,不将春梦寄梅枝。
车鸣晓院清窗暖,一抹新阳醒我痴。

我之群分歌

几多来往为群分,风色入诗身倍勤。
低吟草榻尝花露,还把春茶煮彩云。
手自挥毫佳句涌,鸟催扶杖暮兰薰。
孤灯相伴醉清夜,未闭柴门知是君。

自　歌

性之孤傲乃天生，常梦鲲鹏恣意行。
老子骑牛遗道德，庄周迷蝶自纵横。
玉皇天殿非吾爱，张翰江东岂为烹。
尚惜残年琴酒度，五洲山水任诗耕。

忽思变脸感作

人生何必做长筹，入梦云烟病所勾。
堪笑世心肠早冷，忆吟弦月泪同流。
一池残影将随老，半盏新埃知所愁。
衰鸟垂阳正相狎，还怜变脸眼前浮。

安　宽

日拨层云万象明，鸟飞林上羽轻轻。
本安孤独何孤独，谁得一清真一清。
聊以自宽临老境，转将无奈笑虚名。
花枝默默随开落，有酒盈杯感不生。

心　经

心经暗诵悟无边，梦里三更泪自潸。
桥渡行人犹自渡，门关幽思也无关。
醉将流景诗中驻，静把遗情杯下闲。
只是时常雅怀起，残蚕欲作化蛾还。

尘寰叹

向背尘寰实在难，凋年甚怕老心寒。
郊原暴雨催花谢，江野初晴共鹤看。
冷眼十分违俗薄，解颜一片慰霞丹。
有缘千载随缘去，对酒月窗身不单。

悟　老

一

不负老来闲虑频，寒楼日扫去埃尘。
壶中寂寞明先正，骨里善良存本真。
抱病更知心上疾，无弦还抚梦边春。
山溪烟暖情犹暖，鱼饵时抛戏锦鳞。

二

归来尚可悟行藏,耿直平生故意长。
当世清风原本是,老家遗味旧来芳。
昏花双目欢双目,烟雨一乡情一乡。
余日年时尽由我,满林霜叶挂朝阳。

三

独驾春风踏暖沙,时光任我自由花。
心身老去多随意,职事远离休触邪。
不道浮云酣草木,只将晨梦入烟霞。
欢生夕阳南窗外,所爱红兰已茁芽。

怀念诗友

未忘花里苦离颜,新句吟成敲甚艰。
眼下朦胧为雾困,杯中淡定似云闲。
榴妍幽径鸠鸣野,蝶过斜桥波转湾。
如旧碧溪常候客,何时对榻听潺湲。

豁然新见

豁然明了倍悠悠，非是先贤虑不周。
老子两经①天地智，孔家一语②庙堂谋。
自由民主邦之本，幸福文明民所求。
世势宁随老皇历，古今英杰在潮头。

①两经：指老子的《道经》与《德经》。
②一语：指《论语》。

老家踏青返回途中

情重老家不换金，唤回多少少儿心。
屋前苍柏时时碧，日下乌云处处阴。
七字新诗因梦就，一壶陈酿共徽音。
临风更觉古风好，有愧乡人甘输忱。

江边独行

江边宜独步,几树紫薇香。
鸟语依然闹,蝉声格外长。
屈亭愁照水,藤蔓喜过墙。
无病身皆好,立秋风渐凉。
柳枝摇曳曳,梅叶落茫茫。
无惧冰霜白,寒花独自芳。

清真寺外赋就

懒向来人说药笼,无生初感窃充充。
舟依野水期圆月,鹤出幽巢向浩空。
清句还凭清露润,晚心独对晚霞红。
近看归鸟似相悦,老木已枯情尚丰。

说文人

文人不乏影单愁,疑义常缠难起头。
一片乌云千点雨,几枝黄菊满杯秋。
夜香明月桂如解,琴虑知音道所由。
独坐江台台有语,同逢佳节岂非俦。

书房偶成

勤扫书斋还见灰,日晴连岫感春回。
云归大地起风雨,雕击浩空飞火雷。
天变无常生有道,心清主善渡忘杯。
光阴转眼实难惜,老朽奈何酣玉颓。

另说隔尘

幸有身闲无俗累,尘中也可隔尘灰。
苍苍野色春芳尽,馥馥秋香老友回。
夺目枫亭红满鬓,醉心村酒喜盈杯。
未穷余兴溪边去,乘月柳堤风半推。

末 伏

鸟语相欢出柳烟,风凉末伏步江边。
情浓情淡老闲叟,雨有雨无秋闷天。
万里飞鸿欲归矣,半江轻雾甚飘然。
昨吟黄菊还无绽,今共香醒醉笑癫。

聚友江舟忆记

邀饮兴高今古通,老杯成对半舟空。
天凉雁影月光白,夜下渔歌灯火红。
得意云松闲奕奕,半愁烟柳尚融融。
江中酒叟忙分字,秋色疑收一盏中。

人乃宾矣

不逆故情蓑笠人,笑称闲景老来春。
窗间吟读琴书伴,户外行游山水邻。
感慨新容疑换世,诙谐旧识自归真。
心牵几处时来去,白发一头还似宾。

顿 咏

千首诗词未负耕,只愁句意乏研精。
劳心尘世文同病,刮眼家山水共明。
闲去方知笙鹤好,归来更解故乡情。
旧朋最是大门外,亲密无间呼小名。

初言世事

休言世事甚难堪，淳俗暗传当棐忱。
润屋风恬思鲁酒，流溪声动悟陶琴。
去机忘在峰何影，养性衰身竹可阴。
趺坐夕花空秀色，归元处处著平心。

醉后歌

酒下之歌千万首，谁知究里弄回徨。
无弦无限陶琴妙，有泪有情阮途狂。
渡海浮槎宣意气，向天吟啸惜轩昂。
刘伶之醉非为醉，杯底风骚忆葛僵。

看暮禽

暮禽疲倦各归奔，低忖生灵暗暗论。
凌雪梅花怜绿润，眠春蝴蝶醉黄昏。
知时北雁归心动，怕冷叟怀衰手扪。
孤松耸耸顶天立，岁月深知行有痕。

登 高

登高极目展衰怀，笑指山岚牵碧埃。
千载忧欢化尘土，卅年风雨落阶台。
吟看败叶怊惆去，醉听大鹏呼啸来。
天地之规岂由己，熏吹万里百花开。

新诗集编成有感

残烛熬干笑满裳，小诗几卷用情长。
百年吟骨同花瘦，一地断须含韵香。
梦觉精韬入云彩，诗成加点出霞章。
苦中之乐回回醉，老蚌腾波乐吐光。

候友人

昔年尚拟醉当朝，不信早来瞧一瞧。
前度雨风凉似在，今番萍梗貌如邀。
欲成新韵门前候，已把宿愁杯下销。
分字备该君到后，莫嫌村酒尽三瓢。

问天涯

天涯何处是，梦里几多痴。
风笑云难白，雨愁尘易缁。
吟樽情焕焕，醉枕意怡怡。
非有皆闲扰，本无哪用悲。

赠广州友人

盛世中华本一洲，闲心独爱大山幽。
笑谈行卧多鱼鸟，微信朝昏为侣俦。
时雨五羊南岭舞，好风九肋武陵游。
农民本色何须说，照我夕阳吟绿畴。

回渡口老家

老家小住心花放，何况春风满故堂。
策杖溪山回回醉，饮茶桃李朵朵芳。
吟牵孙女还任巧，棋叩槐荫竟争强。
虽朽老夫欢只此，丹怀早固且洋洋。

高秋郊原野望

芷兰沅澧意欣欣,策杖高秋壮骨筋。
酒醉黄花起新梦,南归白雁出层云。
诗哦合会无弦共,蝉唱憎嫌俗客闻。
半碧郊原先向晚,最怜苍柳助烟氛。

善待生灵

思超峰顶欲乘云,又犯疏狂非倦勤。
剑蝶翅摇千里震,鸽鹂舌啭万家闻。
只将佳韵迎红日,漫把宿心秉大君。
世上生灵当善待,江山合乐蹑清芬。

离城归乡

枯肠欲断所思贫,小集有知初志申。
句句动情原本性,篇篇含意赖椿津。
孤灯还照明诗迹,晚菊余香寄葛巾。
人老寒风如陨箨,此离不负老农身。

伴渔翁

有约渔翁共转悠,携壶歌诵两心投。
红薇郊野望云笑,碧水沅江洗暑愁。
鸟度谁家随日远,鱼跳欲共与人游。
阵风试叫金鳞散,一岸柳荫酣白头。

自抱无弦

自抱无弦似点徽,糊涂老去助生机。
内生欢乐还曾想,已散烟霞任自飞。
菊圃露清知岁序,荷池风细坐芳菲。
莲蓬摘得醇醪饮,半夜月光凉我衣。

致赏音

世上堪愁几赏音,好醪唯与尔贤斟。
流清石室应知瘦,节直筠园所爱深。
有望友朋时听履,不当言语即冰衿。
性情如此天生就,要改已难非乃今。

答怎么写诗与读书

一

莫信仙方真有灵,诗词误我到如今。
入云高树好当壮,去底明潭奇在深。
思似神游能任意,静同峰立自无侵。
欢声震耳非关汝,书读圣贤须一心。

二

已久疏慵句不成,故家知我爱幽情。
庭空独立闲还谈,花闭同眠静且清。
风度芳园窗竹动,月移对岸渚鸥惊。
忽来吟兴一杯酒,孤伴孤灯向曙明。

听知了

日炽炎空鸟断飞,大山高望更芬菲。
梧桐枝碧鹤相识,夹竹桃红燕倦归。
汗滴杯愁诗笔滞,尘横暑热路人稀。
景情如此何欢有,知了无知唯叹息。

思向阳

少见生灵不向阳,时寒绞杀岂商量。
雁来落叶皆无定,霜下深山多拟藏。
柳拂云溪溪乏意,菊迷山蝶蝶生狂。
冬来秋去春将近,含月长箫吹在亡。

独有时光

独有时光多是闲,春来香霭自漫漫。
清风郊野任双足,细雨沅江钓一竿。
心向化城望空坐,酒招诗友倚亭餐。
座中分字吟情涌,老目昏昏半醉看。

二月暖回

二月暖回寒渐微,阳台惊燕沐霞辉。
红梅向日邀春到,白鹭凌江带影飞。
有句半怀吟草径,无弦独抱入松围。
淙淙溪语倍亲切,月色一身如醉归。

席中吟作

漫步微风酒可醒,星空如洗倍晶莹。
临江望月影双映,傍竹听虫念百清。
秃笔带霞朝气旺,老槐含露嫩枝萌。
一弹指顷愁何用,故友半醺谈笑生。

登春申阁

一到春申阁,心头起浊波。
种仁偏结怨,浇酒几差讹。
空有故人悯,难为前事歌。
埃尘真意罕,今古悔情多。
正本岂怜痛,知源每况何。
此谋当即断,却步复蹉跎。

豁 达

平生豁达亦无妨，好友同壶润酒肠。
布枕自来诗兴涌，秋窗久已菊花香。
空名休作行堪实，故事还缠乐未央。
重九岂嫌明月伴，欢心自是解酲方。

深 冬

乐在行窝独举觞，冬深岂可负韶光。
诗成书室精神振，冰冻屈亭松柏刚。
当户江桥孤寂寂，倚窗雾雪两茫茫。
梅花一树虽难见，破障而来暗送香。

暮春农家饮

日高风细特怡人，恋暖不知将暮春。
千里农家花下好，一溪林色雨中新。
仓蠹尚在还忧国，诗酒相陪亦置身。
最是初晴楼阁外，莺啼燕语好声频。

忆诵《离骚》

忆诵《离骚》浩气充,此生多在乐忧中。
老怀常沐桃源露,清袖唯留枉渚风。
司马楼前云淡淡,善卷台下影崇崇。
无论今古皆如此,心有所怜从不空。

吾 情

吾情不适做投纶,纠结多多自苦辛。
仰视先贤谋大乐,回窥好梦虑还淳。
早年未舍桃溪水,晚岁仍非秦洞人。
当下此心犹切切,所怜老朽远殊伦。

寄后生

心海何时能一闲,还多梦想白云边。
杯浇俗事堪酣矣,笔写真情自淡然。
道骨相期屈亭梦,诗怀未负洞庭烟。
调殊风候生讥诮,朽也衰身赖后鞭。

登 亭

择日登亭倾一壶,不知知友意何如。
总多病木随流去,唯有芳兰独近余。
同趣同心得同乐,清行清语守清庐。
杯中月影颇摇荡,好共夏凉吟兴舒。

蝶翩飞

淫霖何止两三天,只觉吟身更弱孱。
江上茫茫如梦色,雨中戚戚寡欢颜。
远山寻望风烟里,孤塔登欢云水间。
饮绿餐红犹半醉,不无蝴蝶未偷闲。

自然解

迎霞起早杖高扶,微载欢情倦便苏。
已觉岁时多夜露,未惊山野少春酥。
花迷蝶戏由心发,风送莺啼隔俗驱。
能解自然朋渐少,只将无奈寄交乎。

辛丑述怀并赠好友韦君

已迈稀年意重申，微成略见自欣欣。
热肠难换挥枯笔，老命拼将著拙文。
竹直同心自明净，菊香共酒助梦煜。
聊赠一块支机石，独得诗心破世氛。

溯　误

溯误皆由骄下生，看穷风物去多情。
云深岸绿孤舟逸，木秀山清万水泓。
忧远绪怀添洒脱，乐临昏目咏由庚。
何须闲虑层林下，小鸟踏枝为己鸣。

投纶有思

人生难得莫空嘘，满目凋残残本虚。
溪水自清情可是，春山虽老色还如。
文章岂厌一卮暖，风雨不饶双鬓疏。
天不助心心自助，投纶暂伴养羲舒。

赴 约

百里驱车寻喜颜,闲愁付与百花团。
吟毫常执精神壮,山野甚亲风色宽。
甚爱布衣皆情厚,将酬村酒共香漫。
老心时为俗烦忧,一得自由何止欢。

江台有忆

抱琴携缶聚江台,水碧山青去俗埃。
几负凉秋犹自责,若非知友岂能来。
无弦能品多高士,有酒辞酬一俗才。
乐在今朝我先醉,百年之后笑中猜。

山里自度

自生欢乐自干杯,摘得野桃超十枚。
涧瀑飞时洗斜日,山云远处动惊雷。
凌空蝴蝶双双戏,入暮牛羊队队回。
谁送凉风幽径爽,欲求新韵独徘徊。

冷中无奈

雕老岂能南北飞,挂牵仍在且非微。
旧徒忙里情相慰,故友难来心甚违。
往事已同迟菊述,寒身思与早梅依。
隆冬筋骨犹愁苦,欲向斜阳借一晖。

可　奈

溜须得意隐形间,颠倒弩良似自然。
懒共乡翁说听竹,非关尘事扰无弦。
惶惶琥珀复为枕,寂寂浮槎不渡仙。
可奈老夫留一啸,夕阳西下泪涟涟。

自　解

天变无常欺老穷,何来闷热未闻风。
灰霾一片模糊里,梦幻百年惆怅中。
落笔遥怜翠微友,推窗忽见晚霞红。
蓝天碧水双相照,明白虽迟也自融。

莫 以

莫以自珍为世琛，千年回首一倾斟。
尚存残爱看春发，且把疏慵坐竹森。
柴米油盐哪成虑，山溪花鸟任题襟。
是非尘俗无关我，时用拙诗留己心。

悠哉高秋

吾有欢兮不近名，任心光景自然成。
遥看晴日野鸥静，坐爱幽溪秋水泓。
红枫一叶自深浅，白蝶双飞弄洁清。
烟敛郊原彩霞漫，醺酣老朽踏吟行。

怀 楚

寻兰独步下烟岑，故而依然思不禁。
风断云山明动静，涛翻江海出浮沉。
屈原巷里多骚怨，宋玉村中少雅音。
悲恨楚雄千百代，何须感慨去来今。

戏题离难

人生在世哪离难,坐对碧岚谈笑然。
远岫苍烟寄遐想,蓬庐久雨解幽玄。
山林老叶随风落,溪径新花带露妍。
荣辱于吾皆往事,只携诗酒趁江船。

天论两首

一

平生岂敢负天论,衰去无言重善身。
霞照幽兰更思旧,薰吹故土醉酣新。
浮云片片仍如故,小鸟声声应是真。
独自归来非为别,唯求余日落清尘。

二

虽说闲书实不闲,字无字有得精研。
根深古柏性情正,本固新梅筋骨坚。
鼓瑟几知音外意,吟诗形在象中镌。
比先更见东篱客,平日抱琴何用弦。

人事两首

一

人事几多空纠缠,风吹落叶便千年。
饮思尘路泪烫盏,坐啸江风浪拍天。
善待万灵循古道,和成一气共相怜。
此心如得苍生重,终古难治俗病痊。

二

若要正心当正根,男儿情性自敦敦。
田畴独好安倾盏,布褐终生懒扫门。
几个百龄花不落,千吟一霎泪光奔。
镜中相照形依旧,老朽未迷心未扪。

与邻翁饮

紫薇含露发新蕤,山翠林幽莺好啼。
白发情闲曲池畔,老家怜旧洞庭西。
晨阳亲意来门下,故景养心和梦栖。
醉是邻翁酾酒日,同欢主客幸媞媞。

罢了

心下所怀非此时，东窗淡是懒为期。
端居故友常相约，远俗幽梅似见知。
雨水入池鸣淅沥，田园近亩是安怡。
无言花草亲如许，衰迈残生将拒离。

骨友

相招已久始成行，不拘欢谈无主宾。
佳韵如流几争咏，雅情固在欲求伸。
座中清兴本弥笃，霜下黄花最可亲。
又至东篱夸俊迈，尔曹非是普通人。

夜叙

应怜动静自平平，止酒多时已老生。
身卧林峦茶盏醉，月移溪岸渚凫惊。
香驰黄菊露华重，星转青云寒气盛。
白首摇摇灯下坐，几分得意是吟情。

素心自述

自保素心无隔间,尤难不语可神传。
知朋岂可相猜二,老气尚能吞大千。
清意化城怀淡淡,碧潭涵月夜娟娟。
今宵不寐君知否,一啸深应万载缘。

辛丑重登招屈亭

老朽复登招屈亭,幽林鸟语共相亲。
仙凡自古能同气,诗客何时惜一身。
孤骨难求云作友,千山不阻月为邻。
菊兰早备中秋夜,思与先贤畅饮醇。

知　真

世间总会有公论,明月痕留百代人。
叹犬偷生李斯悔,餐英赴死屈平仁。
灯前三卷水投石,林下千年鸟触纶。
大德养成非一日,修真先得是知真。

忆重诚

父母所教予所好,不甘庸俗事辛劳。
坐溪时把尘埃洗,敲首自将诗句挠。
病减犹然乐山水,心怡尚可引风骚。
月明杯下殊胜至,岂负人间走一遭。

独坐常德招屈亭

沅江九肋古今名,芷气扬扬万里清。
亭对德山承善脉,风掀大浪动骚声。
无弦独抱孤心拨,解意能和众鸟鸣。
弹指之间千万载,从无改变楚人情。

去虑难

无眠半夜竟谁为,纠结在心难解维。
独对云空空怅叹,相看星月月伤思。
几回尘事能如愿,千载幽情可得宜。
此问此愁何岁尽,苍苍不语共痴痴。

夜下思友

一夜星辰愁自慵,破衾孤对昔时钟。
相思难寄云千里,欲渡不成浪万重。
风雁声寒连卧榻,月窗影动问行踪。
莫嗤吾老如年少,难变初衷同样浓。

德成采风

三伏采风懒远行,武陵何业少华英。
已看新竹日中壮,更有寒梅冬下生。
赞叹九尊鲁班奖,仰嗟万里德成名。
收功那是逸中得,时运不惭辛苦耕。

独居思友人

拥闲终日度稀年,山水相依景自妍。
老杖吟留半轮月,浮云看散一丝烟。
清尘醉步世机断,岚霭凝心逸兴牵。
翘首东探时已久,吾兄能至趣浑全。

不 改

云去云来皆一空,时闻忧乐古今同。
有情义重三江棹,怀志心高万里鸿。
且喜消闲诗海里,早抛奢望大洋中。
不违鲤论持贤戒,清气飘飘私自崇。

居村重读三吏三别

莺鸣蝶舞碧溪边,露下荷花更醉然。
身外思深增洒脱,心中踏实去牵缠。
不违公论拳拳意,早化虚名缕缕烟。
诗笔一支真性固,三吏三别伴稀年。

寄语溪农家主人

做客浯溪感挚诚,主人门外港流清。
村家古井桃源味,阡陌新桥大野情。
心照桑麻同献笑,酒论田土共争鸣。
千山可阻心难隔,值此莫嫌策杖声。

史　思

杖杖幽径夕阳斜，几本史书生叹讶。
碧竹影稠惊叟眼，黄鹂声暗问诗家。
百年双泪化红叶，千古一哀为翠华。
不信山川解忧乐，浮云几朵做荫遮。

寄王君两首

月下扶藜思不禁，白头何以对昏浸。
残花将落梦犹破，倦鸟归来夜已深。
大海扁舟难有岸，雾山过雁可知音。
镜中衰首一无有，但爱斜阳影不沉。

访张家界刘君归来

张家界上锦云飞，老意翩然回板扉。
固节诗愁犹得适，居恒气短早忘机。
流光青霭怀常抱，奇水异山心自依。
昨日倾杯今日醉，刘君情盛染霞晖。

静 对

好思衰朽笔难停，日照春山满目青。
脱俗忘记五株柳，求真证伪一囊萤。
真言何辨犹相误，痴鸟多疑总怯形。
日久冰川将自释，寸心如故坐渊渟。

登柳叶湖畔司马楼

柳叶湖中好玉鳞，不忘司马句章新。
故怀宁负一餐饭，放眼当知万木春。
自古骚肠多直语，遭时诗思助奇人。
伤心楚水伤宾客，未语桃源秦俗纯。

夏庐独坐

独坐夏庐诗兴萦，远酣蝉语意轻轻。
雨声初静山风爽，峰影倒看溪水清。
飞鸟啼歌皆得意，野云来去满含情。
闲时所好天人合，红茗一壶醉朽生。

不 羁

不羁云思上空游，老酒一瓶浓似油。
已歇鸣禽卧烟树，难眠钓客坐渔舟。
生毛弯月天将雨，成韵残杯夜送愁。
有限人生枉为惜，逸情堪作故槎浮。

自 问

笑思白石卧泉泓，夜下溪流送妙鸣。
缥缈客槎承好梦，糊涂纸墨济平生。
小诗何故偏怜月，胜境从来更羡名。
空望云烟零落处，玉钩尤合我神情。

午夜扶杖

霜深午夜下层氛，老菊偏怜早有文。
自守初怀一轮月，犹生晚悟半团云。
清欢鱼浪添秋兴，入寐桂园积郁芬。
小树林中独扶杖，残莺还啭会心欣。

深冬霾后初晴

连日阴霾初见晴,有吟冬下意振振。
微风无力贪闲步,旭日钟情早老身。
韵句流霞自骚雅,蜡梅含雪见精神。
带羞一笑春先觉,偏爱长江水日新。

酷暑盼凉

闷倦吟哦暑气彰,凭栏迟暮岫苍苍。
正期月照萤虫亮,偏至日垂蝙蝠狂。
三伏蝉声不知热,孤身鹤梦慢生香。
不疑炎酷难持久,风雨如来便转凉。

深冬即感

好在物中参所规,深冬有感更如期。
春情一动山川暖,初梦常缠杖履知。
早向残梅怜柳绿,还从老叶解心怡。
荣枯自是寻常见,君子岂为身外痴。

寄刘君

秋空万里明如镜,相伴云溪意愈纯。
迟发黄花催著句,正妍红叶早为邻。
离群贪韵闲归晚,旧友用心远胜新。
山里去来风两袖,思君月下泪绨巾。

调渡口翁

俗世忧欢大致同,不言桃李故情通。
徘徊野径心如故,仰望高山目已朦。
多载为文尤秘重,一灯尘虑总难穷。
残霞万点临沅水,含笑扶藜渡口翁。

与友人饮顿吟

回思旧往感时屯,小有自由知所琛。
似得渊衷梦多笑,不闻私事目无瞋。
静销闲日醉听叶,抖落尘埃更养真。
一桌同欢前世谊,再邀明月出群伦。

思旧友

红花三月思红巾,虽隔烦嚣意未贫。
拙养喜从明月步,幽居且与众禽群。
偏怜村酒偏怜句,半为风怀半为君。
此意何时可传达,清清溪水挽行云。

寄赠老同事

风雨从来难调匀,林荫醉步独清纯。
有情花草知忧乐,放意云山何贱贫。
偏爱怀才同坦荡,甚欣探律饮甘辛。
天生骚客双愁眼,吟苦多为潦倒身。

醉赠陈兄

自将欣戚一瓢匀,落得溪山潇洒身。
草木有情依醉饮,烟霞早约寄狂人。
无弦静抱清泉诵,陈榻长悬老谊纯。
等到黄花盛开日,共杯篱下不论巡。

独饮月下且吟舜

秋木凋零谁问庚,直将往事共醪盛。
湘筠露下节尤直,木槿花前心自清。
苔藓旧新同伴友,白云来去懒留声。
时光不枉当须饮,明月一泉酣碧泓。

思念误入歧途之故友

叹逝流水涌吾怀,不止所愁忧甚哉。
云薄湘天途在念,霜寒沅渚雁相偎。
深秋飞叶一舟静,临暮乱霞孤鸟哀。
弄错人生悔多晚,大江东去岂重来。

思恋大兄、二兄

老家无扰甚欣欣,时对村醪思恋君。
青竹高低相顾影,旅鸿前后总怀群。
屋边斜日含枫色,塘面微风起笑纹。
景物自然尤可爱,虑同兄弟做平分。

忽　感

世上生灵暗里联，坐看蝴蝶树间穿。
满江清浪酒杯溢，一抹晚霞诗兴翩。
半醉红茶泡溪水，早憎琐事送云烟。
余生只与鹓鸾友，磊落寰尘不愧天。

晨　起

晨起还深省，欣欣去挂牵。
一生无暗处，万事尽怡然。
碧落蓝如洗，夕阳红欲燃。
孤灯新夜照，香茗共禅煎。

朝霞对

闲生醉爱对朝霞，双目才明日已斜。
高义当同遗苦感，老心还痛旧伤疤。
午钟声外飞庄蝶，夏野日边多坎蛙。
高枕东窗岂无谤，莫忘投杼是曾家。

去　俗

去俗唯为大野痴，初凉八月不眠时。
含烟柳岸吟声古，如镜沅江月影移。
松气沉沉栖白鹤，微风阵阵啭黄鹂。
空临殊景何堪独，念想重重在此时。

不　疑

不疑天道总如恒，往事时而似可曾。
爱景欢从依栏叟，清飙自助上云鹰。
年华随水流无止，情思在杯倾不能。
一啸蓬莱身却朽，浮槎浪恶已难乘。

说　家

老来期望已无奢，未忤衰颓便是家。
绿酒一壶酬淡月，红云几朵化浮槎。
知朋常恋洞庭里，好梦又随琼海涯。
朽木安能只身渡，憾遗时岁不能赊。

坐对晚霞

老林莺啭碧森沉,元本难移怒发吟。
挥笔窗前堪愧重,乘风月下所怜深。
修怀故故催怡性,清气飘飘斥乐湛。
更惜时光余已少,红霞暮对感颓侵。

春中病

一

禽虫花草共相融,来去游云四面通。
思虑望逢临槛月,乐忧唯寄过面风。
蓬庐念想幽栖友,村酒应怜止饮翁。
乐趣难生愁对病,强吞衰泪目双红。

二

最恨山青吾独病,扶藜能见几回春。
不疑泉脉应常好,如故兰香岂负真。
沿路低吟愁气象,一声断喝出精神。
少陵魂绕长江阔,欲学沙鸥万里巡。

独开闷心

晨凉三伏闷心开，赶快下楼江上来。
目极云连秦洞树，兴高波接善卷台。
翩翩蝶影摇千里，阵阵蝉声说爽哉。
一介闲身何乐有，无弦在抱不须猜。

忽 吟

夕阳眨眼落山头，几片闲云还未休。
倦鸟方回明月出，微吹擦过碧岚浮。
平民所望从无过，得句唯祈能自由。
举首繁星如有意，似将风色入旁搜。

不闲所思

秋风不改艳阳天，早是闲身思未闲。
梦在难疑仙境近，杯倾唯感世程艰。
梅林叶败候新蕾，暮鸟力疲归浅山。
扶杖夕阳情满满，应怜不屈雪中颜。

不忘初怀

衰颜渐甚暗嗟叹,奈向所愁抛碧湍。
忆旧微吟怜竹翠,登高极目见枫丹。
谁声将带秋霜至,菊影岂随宵露残。
一片余霞送归旅,初怀落落去悲酸。

述 怀

吾本沙鸥客,安能伏一湾。
梦频心甚壮,人老思难闲。
野意仍常扰,时光尚自悭。
吟诗可遥辨,携酒乐登攀。
彭泽悠然地,高阳一笑还。
前贤皆故事,谁助破重关。

不 奈

几日霜深已觉寒,万灵不奈对衰残。
贪诗渐觉情深久,止酒方知身老难。
私下自将黄菊比,梦中还对蜡梅看。
半江霞照金鳞闪,试作霄鹏万里抟。

清　明

清明雨细草离离，未到坟前头已垂。
怏怏白花望已久，声声鞭炮愧来迟。
有情老树空双目，不意余烟绕一枝。
大野安能解人意，鸣虫啼鸟早同悲。

小居渡口白云山

为客白云吾所欣，看碑辨树乐盈盈。
村翁扑略醉眸对，山谷幽深尘虑清。
坐见叶飞千万片，时闻鸟叫两三声。
炖鸡烹鸭邻家妇，换蛋沽醪农舍兄。
酒过十巡无醉意，心通满座几憨情。
应怜黑发杯高举，可笑白头呼共倾。
一桌同干圆月近，无言相对故怀萦。
江东张瀚真贤达，鲈脍常香绝利名。

四 望

东皋四望满芬芳，小韵吟成半手香。
令我无眠非为己，倾情而醉老能狂。
几回插羽知空想，多载迁途似不妨。
最爱泛舟红橘熟，李衡不负洞庭乡。

笑对顽童

夕阳相照自明真，笑对顽童格外亲。
陋室气闲鸣翠羽，深潭水响跃金鳞。
霜寒败叶皆飘落，风暖老林将出新。
莫道晚生怀志远，丈夫从不小看人。

春 欢

世上最难为认真，海洋虽阔几纵鳞。
哪堪争利性空末，安可缄言形独珍。
碧柳含烟如助饮，红霞浥露欲留春。
手中枯笔情仍在，不负苍天不负民。

秋　气

如约而来笑语喧，日昏重九德山巅。
桂香满院同期久，秋气一身知味先。
黄菊篱中宁独醉，银盘光下欲高眠。
好朋乘兴还分字，半寐相看近木然。

自思自乐

一

小来懵懂学唐音，诗性养成坚且深。
流俗不移疏市井，本形难变弱儒衿。
一窗花影频招手，满碗茶香堪润心。
性僻幽居个中味，无弦在意唱幽岑。

二

哪有时光可任留，无邪翠羽闹枝头。
牛耕塝上难思想，犬吠船中不自由。
行步暮霞金浪起，吟诗月屋碧溪流。
此情此景为何乐，盛世最欢沅澧叟。

三

乘凉八月懒投纶，时卧时游元气津。
一树桂香酣白发，半江霞彩泛金鳞。
周旋群鸟花欲醉，吟诵危亭月为邻。
难得暮年情未减，笑颜处处见诚真。

四

沉浮人世常如幻，小住老家宜脱樊。
云起烟消谙世道，鸟飞蛙唱醉青原。
乐忧几度非为己，牵挂终生在本元。
最是故朋宅遗处，复抛清泪湿残垣。

紫　薇

处暑一周风转凉，江边独步紫薇香。
能妍百日谈何易，天地精华根下藏。

赠小黄

尔是小黄非大黄，为人敦厚义情长。
花花世界蝶蜂涌，寂寂尘心松柏刚。
江阔水清存浩荡，山深地瘦有芬芳。
今朝一别亦无别，月满柳城何二乡。

香樟叶

四时流绿一香樟，败叶枯枝自卸妆。
化作肥泥还窃喜，不占虚位助新芳。

赠传晚辈

虽旧衰躯但重新，慈情满腹白头人。
残书诗涌先宗德，老镜影浮几代亲。
共赏庭欢品遗爱，时吟垂戒胜方珍。
紫荆花放初熏里，笑语团团聚四邻。

德山舟聚

暮霞舟泊德山东，约作秋风云水逢。
诗步高题幽兴重，酒浇同趣逸情纵。
忽来蘋末意犹善，暗送桂花香渐浓。
妙趣生生正猜字，更欢杯里隐孤峰。

向　善

人心向善岂能疑，君子厚怀应更知。
乘月清涛洗尘浊，落霞古阁卧天遗。
只将世事归根本，肯让春光握岁时。
闲里方能目无隔，一团和气万灵怡。

重　阳

寒雨一丝知季更，杖怜枉渚古今萍。
不堪霜日谈花事，正是重阳听雁声。
心衷诗圣忧民句，泪洒《离骚》爱国情。
落叶秋风只如此，桃溪不语自泓泓。

赠邻翁

世事茫茫枉问津，有缘一见便相亲。
清谈饱腹高清士，逸兴残怀散逸人。
诗诵古桥无世扰，杖扶荒径有禽邻。
乡翁惜我常邀饮，故影杯中劝酒频。

向　静

性静故居非不群，小时惯就爱诗文。
怀忧淡淡幽栖鸟，得句飘飘自在云。
弯曲溪流落红乱，荒凉石磴钓翁欣。
神仙日月只如此，渔父逍遥歌夕曛。

秋夜愁

秋风细雨坐连绵，病老危楼身略寒。
难止素怀情负负，不眠孤酌思漫漫。
隔云白月心中见，迷雾红尘灯下看。
悟灭悟生惆怅倍，三更意冷木凋残。

雪下看梅

雪下看梅懒计年，心同冷落笑同妍。
含萌江柳思新色，不语亭松解我怜。
白雪纷纷好倾酒，红梅艳艳可烹鲜。
还将所悟一锅煮，留作小诗随浪船。

秋深忽感并寄友人

秋深蝉不唱，北雁正南飞。
气冷物人厌，心清松菊依。
临江还顾影，策杖不思归。
欲作闲云泛，身衰难揽衣。

忆小时

小时犹为学，天地乃吾师。
物象留心看，人情着意思。
所论少群合，自定不行移。
回首于当下，是才安可羁。

欢聚柳叶情

缘深一桌老同人，忆说当年格外亲。
笑语连连泪花闪，襟怀施施骨情真。
出山明月早相照，远目碧湖犹卜邻。
心暖醪香秋夜里，杯杯故事互劝频。

坐岸所思

忧欢往事总牵萦,点检还将肝胆呈。
年少不知流水远,老来偏重故人情。
登桥远望红薇丽,坐岸闲思白石明。
溪下乡贤抛泪处,秋风如旧语轻轻。

劝友人

落去残花不用寻,四时衰盛岂能禁。
一竿钓得千秋道,普照应知寸草心。
世乏有情还乏义,兴高知谊且高吟。
忧欢来去平常事,几夜凝霜景见深。

重阳归乡

老节老人同所望,还家两日度重阳。
莺鸣夕照暮霞倦,虫唱秋风晨道凉。
山里炊烟已悠缓,溪边柳色早疏黄。
门前犬吠故人至,冷落寒庐欢气扬。

往事有所思

往事多多还不忘,回头一笑菊花黄。
鸲鹆向暖犹千里,溪水入江难再望。
懒看衰容愁败叶,暂安遗憾寄斜阳。
有情应约秋风月,共醉桂薰杯里香。

初霜时见

还将辛苦作诗文,不计暑寒衰力勤。
新酒半杯回野兴,初霜一地讶寒氛。
莺惊残月凄凉影,风散低空惨淡云。
杨柳竟为秋瑟舞,欢姿入诵忆春曛。

秋　思

一

落叶纷飞萧瑟天,愁云惨淡压山巅。
林疏溪浅凝霜里,虫唱鸡鸣拂晓边。
红橘甜橙已全熟,黄花老酒不争妍。
几人能解秋风意,蓄势摧枯为下年。

二

尊严自守倚秋曛，思共故人凉爽分。
闲伴何须问尘态，穷生不可失斯文。
厌论秋色堪难道，但喜桂香时可闻。
枫赤家山迟暮下，心同倦鸟且欣欣。

忘年欢聚

年代非同情可同，笑谈尘事一杯中。
牙琴岂为云山隔，陶柳每怀天地通。
老大依前堪节义，少年无一不豪雄。
遥看晚照蒸霞处，群鹤仙飞入碧穹。

诗　述

万事心宜便自宜，闲情妙义不曾移。
清风虹影犹堪爱，云路日轮非所追。
偶见幽芳聊自得，能生佳句便如痴。
一浇积虑新吟就，最是高欢击节时。

任情旷野

寂寂门庭世事微,天蓝云远洒温辉。
眼青朝露欣扶杖,身落秋风爽满衣。
长草掩桥老藤瘦,红鱼吹浪白鸥肥。
漫漫旷野任情走,逸兴飘飘不可靰。

谁 期

佳期空梦得,醒后尽为非。
小坐疏林返,残花含露飞。
道途无一识,藤草最相依。
故宅呼声近,双肩满月辉。

秋深山楼

山楼独坐听鸟鸣,夕照风来感秋深。
适意佳时酣野兴,微醺菊酒坐棠荫。
支支直笔倾忠意,册册残书悟托音。
诗情一枕将无老,留得余年共鹤吟。

庚子八月廿日小孙满月

月满情尤满,最乖是小恬。
恩光照长道,喜气绕秋檐。
可意谙舒卷,知微悟巨纤。
爷爷唯一嘱,功课不能嫌。

空 江

江中空荡荡,何处找渔翁。
枉渚波依旧,岸边人不同。
霜寒苍柳败,雾湿赤枫红。
秋色行将尽,应怜诗兴穷。

乐 得

乐得身闲养骨筋,何时尘世遍清氛。
煮茗煮愁愁入盏,论诗论志志穿云。
傍窗松竹知贞素,对榻烟霞隐乐欣。
一别药山梵音远,动吟望月倍思君。

应　是

应是朔风过秦岭，冷空气袭雪纷飞。
愁生冰雾松针白，爱醉江林枫叶绯。
石室杯清香气绕，视屏歌暖故情归。
莫论余岁莫论老，此乐能长万事微。

溪边口占

门冷风常问，山高木不生。
幽溪吾所爱，相照解心声。

赠老友陈君

雅士口中多死生，忆曾相遇一轮明。
步凌秋色追迟暮，杯满山庭渲逸情。
柑熟深林野桥冷，菊香幽径古泉泓。
与君促膝寒窗下，疑是人间韶濩鸣。

谢张兄赠书

一

吟坛乱云渡,君似抱清奇。
雾阻寒星久,雁回白露时。
溪幽飞鹿卧,林密皂鹏随。
隔壑寻兰影,馨馨笑老痴。

二

推敲文稿似忘今,心血熬干只抱衾。
双目蒙眬俗情淡,一斋皎洁志操深。
残灯重义通宵伴,老酒添欢带笑斟。
谁使诗书入兄骨,难封彩笔永无禁。

自　勉

人世几如意,何须旧事提。
莫贪土豪乐,应向古贤齐。
石冷斜阳照,木高雏凤栖。
男儿天地阔,无用是凄迷。

无私可名

谁曾仗剑四方行,心底无私犹可名。
灯影常随感吟苦,柳芽初吐报春生。
长酣蝶梦共驴瞎,出水莲花同月莹。
斩尽贪官回首笑,应知病老笔能耕。

午看弦月有思

几经沧海悟难行,不可释怀为故莺。
新季果红知昨是,故心天洗醉秋晶。
渚边犹悯风鸳苦,梦下如闻旅雁征。
何故迟迟难舍弃,午看弦月最催情。

竹影寄情

斜阳半落挂孤怀,寂寞寒门远世埃。
衰叶细声溪上客,小花成片菊边开。
半醒半梦三更寐,如有如无一缕哀。
明月相看若相识,寄情竹影入窗来。

有 悟

珍鸟爱深林,林中谁鼓琴。
似无游客至,原是白云吟。

闲中得乐

远隔尘烦近脱骸,闲中得乐早忘差。
微吟野径非情独,小饮邻翁也孔偕。
衰草掩泉新霁赏,夕阳含岭暮霞佳。
休愁老迈难堪用,溪上秋风壮我怀。

邻翁招饮途中

苍天有道自崇崇,世事不闻何污隆。
万里雁归感生气,一山霜降引寒风。
轻烟卧草溪流细,残照横岗霞彩红。
杖扶橘园群鸟起,如惊如喜报邻翁。

孤峰塔野营

帐篷夜卧听鸣蛙，闲叟兴浓从露霞。
雨过山中生暖霭，云开午后踏晴沙。
游人翔鹭画舟泛，垂柳清波曛日斜。
塔立孤峰好倾盏，野营无处不仙家。

老年人

尘寰莫厌老年人，富贵何如百载身。
菊泛杯中香满溢，诗疏行里境柔伸。
雁归甘作风霜苦，乌唱甚惭慈母仁。
衰去仍为清雅立，诗吟日日白头勤。

自嘲并寄好友

稀龄又迈更糊涂，筋力衰疲有似无。
不为留看犹淡淡，强求未有自舒舒。
凄风苦雨霜降后，落叶瘦花雪飞初。
月下寒楼人未寐，乾明寺外听钟鱼。

深爱无忤

现状怡如断妄希，秋深节物尽知机。
满园风雨紫薇瘦，一树青黄柚子肥。
往事千重空叹世，残书万册可无饥。
情来好句寒楼里，尘埃自隔何忤违。

自　赏

风恬沅澧小房窝，梦下浮槎踏浩波。
未信面朋怜旧路，只将初志寄春萝。
冬痕长岭连村野，夕照沅江听棹歌。
兴发柳堤吟诵罢，老衰虽重自呵呵。

说冒撞

几个少年无冒撞，多惭往事自愁降。
片云欢别随风远，孤鸟倦归与我双。
意共钟声禅古刹，心怜塔影泊沅江。
枉然幽思与谁说，月色偷偷正入窗。

吟中忽思好友

文思渐衰身渐沉,何时可至共欢斟。
意空如厌溪边钓,时下偏怜月下吟。
难得抒机情未已,甚安山水悟殊深。
一园翠竹亭亭立,细语清风好慰心。

自　况

老身难缀自劳躬,不有大为还乐融。
满屋残书衰鬓白,一坪秋蓼石楠红。
懒求偶出杯中至,但乏佳吟诗外功。
飞叶飘飘孤木冷,连天寒雨带寒风。

镜照白发吟

频侵白发感时悭,未少愁欢痕满山。
百里空林叹绿影,一竿清水钓苍颜。
孤飞倦鸟添诗累,自在游云伴我闲。
只见藤萝飞五色,行将落叶更斑斓。

重阳再登招屈亭

又是重阳上屈亭,千年来此几惺惺。
迷于世上忧无奈,悟在杯中悔所经。
已厌吟怀怨文曲,仍愁老眼对青冥。
幽然兰气随风近,莫问兴衰香自馨。

柳枝瘦

往事多忘未尽休,蒙蒙半解几深幽。
不能浩荡非波障,只把迷茫寄笔头。
落叶长看悟生意,飞埃远隔合清修。
一年一度柳枝瘦,应是上苍知别愁。

重阳笑容

一近重阳开老容,借题相聚醉相同。
斜过夕阳溪光碧,忽见石楠蓼草红。
梅意正萌枝上荡,菊香时下盏中融。
望山小饮雁声近,万物愁欢疑可通。

与刘君一日闲聚

刘君来访共游山,歇歇停停快意残。
紫荻行吟守幽素,红枫饮对惜流丹。
溪声无律尔能句,鸟语有愁吾未欢。
垂钓虽闲同不爱,相看一笑向棋盘。

秋雨郊原

秋雨绵绵能不烦,忧愁策杖向郊原。
成垄拂绿韭花熟,连片飞红蓼草繁。
渐老树容横小道,正欢鸟语赛尘喧。
眼前风景催人乐,又积阴云早不言。

莫 怪

已近稀龄无所珍,飞埃常扫老心纯。
有怀深夜人难寐,独卧寒斋情可申。
窄径遥连星汉浪,浮槎应渡腐儒身。
千年能有几如意,空叹上苍难助人。

叹渔船

十年未捕竟渔家，不摘招牌乃自夸。
一叶空空腥味净，孤峰渺渺夕照斜。
碧波如解鱼跳水，兰渚亦寻鸥踏沙。
破网懒收留记忆，谁怜满眼泪花花。

痴　数

木榻不嫌唯可依，我生痴数几知希。
烟霞得客难同语，草木胜吾更解机。
含笑借阴莺独唱，剪形起舞燕双飞。
只将风色为朋蓄，闲听溪流渐入微。

八月三十晚罗君招饮

虽是笑谈真假分，归来不寐感清芬。
高峰每见松篁老，阔野多飞燕雀群。
窃禄甚嫌言政事，养生唯重得诗文。
雁声过去空叹息，交换心音唯有君。

今 日

今日为何故,毫无诗兴摧。
清波情淡淡,苍柳意灰灰。
鸟唱太虚渺,云生元气催。
武陵最高处,举目去魁堆。

调事后知明

意淡蓬茅隔俗尘,安神养性老身轻。
一枝枯笔千情结,几卷残书万绪生。
酒醉阮公心不醉,菊清陶令志尤清。
积云层叠秋风冷,最苦人间事后明。

夜 归

早菊凋零尽,临冬断候虫。
云孤圆月白,寒重赤枫红。
山水如无隔,实虚稍见融。
夜深正思返,老影便相从。

霜降感变

霜降两三日，鸟声夜渐稀。
风寒催木老，月耀照人归。
清绝游于外，妙玄解式微。
东来复西去，无一出重围。

晚觞

酒醉中秋后，衰身苦借光。
重阳一轮月，河汫满山霜。
归雁呼冬日，白头酣晚觞。
佳时非我短，今夜共君长。

诗赠继才君

重阳故事不堪留，古往今来总说愁。
那籍云容伤碧落，绝胜风色寓金秋。
烦清樽酒酣中去，喜上菊花香内浮。
率性而为人老后，平康心寡守清修。

九月初六夜读《杜诗详注》

闲暇未少做空嘘,往事多惭偏自储。
心醉诗词千卷薄,秋寒风雨万林疏。
一林枯叶飞幽径,半夜昏灯照敝庐。
挥泪少陵衾全湿,鼓呼民疾有谁如。

九月十六雨中登招屈亭

红白紫黄迟菊开,细吹斜雨伴吾来。
沅江放目随涛涌,亭记伤心拍石哀。
双泪凄清轻雾泛,一空掩抑厚云堆。
沧桑几度高名固,烈士雄风自壮哉。

游河洲甲鱼馆

九月良辰好出游,气清日暖上河洲。
黄花灿灿频呼蝶,碧水粼粼欢说秋。
烩素烹鲜农味足,端茶敬水礼行周。
好人天佑连今古,笑语骄阳归雁收。

寄诗友

自古文章宜讨探,门前溪转水潺潺。
寻根思脉君同苦,新出旧承吾共甘。
不向霜风寻菊槁,唯将余兴作诗酣。
初寒冬夜谁能度,弯月沉杯乐且耽。

竹折吟

朝看新竹动吟魂,宁折不弯三两根。
傲骨天成霄汉碧,浮名地涌俗风昏。
物容羞逐梦还愧,人事静思心自扪。
扶杖愁将残节拾,堂前忽见老兰荪。

寄怀诗友刘君

一

郁郁诗情只许些,尘灰未扫满笼纱。
空云冷淡常扶杖,晚菊凋零懒赏花。
杯接松声酣故友,鸟鸣梅树吐寒芽。
积云堪厚风堪弱,心上月光谁可遮。

二

把酒重阳以慰哀，一声长啸厚云开。
诗怀落落随吾斥，雁队翩翩自北来。
垂钓双溪存逸迹，披星半夜咏江台。
吟坛百载风光异，不得奈何多短才。

三

人生忧乐甚茫然，弹指之间近百年。
乱梦纠纷还未醒，衰身寂寞欲修禅。
其实枯荣总交替，岂无优劣择相传。
回首孤峰入云塔，雁队声声落楚天。

最爱发小知友

发小相逢望日暾，秋高僻地好留髡。
夷由杖下何人贵，喜涌杯中无犊裈。
花色如倾开醉眼，欢声不断落低门。
吾生所好多知己，不与狂徒共一樽。

渐老吟

冉冉而衰心自明,只将豪笔任奔横。
竹园吐纳怡其节,桂径氤氲见尔情。
镜里当知皆幻影,人间最苦一功名。
千年此劫谁逃避,醉梦悔多还未醒。

不得浮槎空叹

山居有日甚安闲,迷雾重重懒出关。
莓苔共隐同清赏,松桂相俦开老颜。
小室无成交契重,蓬莱只是渺然间。
绝缘极乐心常守,若有浮舟岂思还。

茶梅咏

雨后茶梅满地红,几知忧乐在其中。
愁诗吟就痴心逐,旅雁飞来老目穷。
不待放言开笑口,只将余醉啸秋穹。
泪流无奈仍深信,物人谁可阻相通。

夜宿乡下老家

越闲越觉故情浓,好梦无残老屋东。
三代旧床情蜜蜜,久干时雨意融融。
新藤碧柳溪头浪,小酒昏灯竹卜风。
归欢满满能无醉,也含愁思半醒中。

戏　说

谁说时光只一梭,能知真谛似长河。
樽前木屋云岚薄,秋下沅江娱乐多。
时见黄头练吹号,不疲衰发学敲锣。
生欢碧水金鳞细,日夕机舟闻棹歌。

乱纷无惊

乱纷看惯自沉深,云淡天高踏碧岑。
白发酡颜藜杖快,青岩翠涧暮霞吟。
初更石室眠家燕,拂晓屈亭闻楚琴。
华夏诗词情入骨,千年文脉一条心。

立冬过屈亭

不意立冬过屈亭，眼前风月足堪吟。
斜阳衰柳清愁暗，碧水扁舟逸气任。
夜露依然滋白荻，西吹漫起越红岑。
银钓寂寞落吾榻，共对乾明禅佛音。

初冬梅林

初冬信步到梅林，苍叶凋多晨露湛。
一片素怀牵梦久，满枝初蕾用情深。
相看秋色如知我，莫道西风不解音。
皓雪思归应已久，花开时节再同斟。

新作相寄众诗友

时将新作寄诗俦，山里生欢多自由。
几朵暮云还似梦，一江暖水更如秋。
石庐无闷端宜醉，天地有心何必谋。
气净老身檐下望，漫山落叶断侵牟。

闲里滋味

尘事尽抛非简单,个中滋味自甘酸。
香清陋室深为醉,露湿凉床略带寒。
孤月将圆正愁尽,昏灯尚亮未熬干。
荷风软软虫声脆,且把余年付笔端。

与故人合影题

往事多多雅韵酬,小翻陈照自鞭抽。
故恩难报将人愧,悔思长缠共月愁。
别燕晨归犹问好,慈乌夜听更生羞。
扶看新绿漫山野,泪与春溪默默流。

多　思

老去偏多思,疏林败叶飞。
雪峰影常近,孤塔身犹非。
掩卷慈心重,鼓琴倦鸟归。
郁积谁能散,一盏月相依。

冬日变暖感作

晨霞满树好相依,云雾初开鸟竞飞。
几日天寒几日热,立冬梦好立冬非。
霜侵黄菊残枝瘦,叶落玉兰初蕾肥。
今夜老夫吟兴动,月光双照入窗扉。

老根招唤

过眼云烟名与利,残痕洗尽不须提。
扶藜岂负溪山好,俗世多教梦幻迷。
夕照相看情剩借,沙鸥有约酒多携。
老根招唤难由己,春雨来时共一犁。

十月小阳春

幽栖有日尚流连,不舍阳春十月天。
雁过山苍藤照渡,菊残风暖蝶还穿。
行吟松下云如识,小卧庭前梦正缠。
碧水一塘仍似旧,荷香在记自怡然。

回乡惭

今朝何事乐，晨起去乡村。
世事抛蒿径，吟情溢橘园。
新街犹照眼，老屋独牵魂。
回首玄鸟叫，唯惭父母恩。

今日乐

一

三月万红凌乱飞，武陵云涌向天齐。
多情已满桃花水，往事犹沉春草泥。
抖落尘埃名与利，唯留净洁钓和溪。
冥冥生死谁能测，今日休将明日提。

二

身老无今昔，攀坡腿早知。
摘花难寄友，倚树共听鹂。
俗事何萦恋，道情总悦随。
半酣清梦下，不意得佳词。

读李杜诗

洞庭沅水早相俦,未乏骚人来此游。
青草湖波知句美,木瓜山径悟吟愁。
芷兰精气当常续,李杜英魂更未休。
不负灵源武陵子,一声长啸屈亭头。

知己吟饮

一

知己难求已未知,多情总是几情痴。
屈亭望落山巅照,短笛愁横江上吹。
白发寻幽常悔返,黄莺唱晚总如期。
莫言尘世无真爱,溪水留吾挥钓丝。

二

难得投机又一朝,几回倾饮卧云桥。
文章甚恨羁游茗,块垒难经岁月浇。
最爱晨风抚松菊,未嫌寒雨听鹧鸪。
尘情欲了还多了,七十人生梦一瓢。

宿　昔

宿昔偏多忆，身衰心未衰。
花飞千片片，露满一枝枝。
云去还回首，杖归犹有诗。
百年也将了，不弃是相思。

鸟　工

静对森林思鸟工，日光无觉在山中。
成群远雁传时变，一把残霞做岁供。
今日吟成醉霜橘，何时竟像老顽童。
旧知兄弟莫相笑，脱帽远胜蓑笠翁。

难　料

变化难料月出盆，总将希望对朝暾。
棋琴云外宜传醉，风雨宵来陡降温。
坐忆每愁伤世态，梦敲犹苦慰诗魂。
回看旧作知之少，日瘦几将初志存。

谒津市新洲车胤塑像

嘉山脚下学风浓，八百洞庭飞彩虹。
超卓天分不由己，殊常书与苦研中。
花看一树能知异，心恻千人感有同。
努力无亏做三拜，虽衰懒读愧车公。

寒庐乃诗

山里寒庐即是诗，绝胜风月暖回时。
黎扶一径酣岚色，书读三更动梦思。
溪下游鱼惊起早，窗前小鸟唤醒迟。
春风习习多含苞，谁理桃红第一枝。

根

人生各有根，强笑慰慈恩。
吟兴登青岭，酒酣眠故村。
残荷吾所爱，过雁世同尊。
浊泪流何处，鸟声呜客尘。

庚子小雪

归来小雪偏飞雨,向暖日多能不知。
雾下近山羞答答,云中赤日尚怡怡。
浮波水鸟懒生问,扑面梅条正起思。
独卧寒楼有何待,甚怜冰夜月侵帷。

兰筋

远行谁不思兰筋,独抱幽怀守昒昕。
大器甚稀当定有,奇才未乏可常闻。
元由潮起更由识,少是天分多是勤。
雾散云开宜远眺,洞庭春色早望君。

几笑

一丝愁意谁能了,独卧寒楼看世情。
竞逐功名人几笑,往来南北雁群鸣。
百杯香绕知朋饮,千古痕留为孰荣。
无限梦中无限盼,尘寰最苦候邮程。

武陵叟

爽朗秋下武陵耆，不谈风光杖笑持。
烟开枫岭红千树，霜染菊丛金满枝。
聊解雁行犹有悟，深虞天势得明知。
老夫多是少年趣，边思边吟情未羁。

独听鸣禽

阴云上脸意涔涔，回首方知几不淫。
点检有惭前辈愿，受伤多是好人心。
岁寒宜饮千杯酒，尘俗难弹一把琴。
抛却幽怜牵挂毕，独怀晨照听鸣禽。

三月思陶令

三月忽怜陶令诗，友朋相约共倾卮。
一船墨客逆流上，万道鳞波长路随。
夷望溪边迷碧色，桃花源里数红枝。
主人诚意还同饮，沅澧遗风秦洞持。

武陵城赴大足途中

一

千里驱车未老身,青山叠叠水盈盈。
江床有改形无改,最醉杜鹃山里鸣。

二

武陵大足路漫漫,大坝蓄洪三峡宽。
水运非先船只少,一江风浪鸟声欢。

雨下听布谷

细雨林中鸟任飞,多情布谷又相催。
如今农植非先日,机械耕耘时不违。

大足石刻、龙水湖游后

石刻开缘大足游,龙湖水澈杂念休。
东西南北诗朋会,甚思海棠同醉留。

游张飞庙

万千感慨叹桓侯，怒气未平云未收。
逾瞬湿衣疑是泪，常年驻雾信为愁。
英才安可浮尘屈，直士易遭宵小谋。
两岸猿声成古响，江涛未变绕滩流。

观云阳磨盘寨

丈夫无畏不逃名，敢向虎蝇吼一声。
翼德断桥吾断梦，磨盘寨下敢偷生。

谒白帝城

瞿塘峡口白帝城，千古兴衰难老情。
日夜江流未曾歇，总将新水送丛生。

品三峡八阵图

世人争说八阵图，是假是真皆色愉。
千里夷陵刀剑处，鱼欢波软得糊涂。

白帝城忆托孤

一

将行大事须听劝，血泪夷陵在眼前。
结义桃园诚最重，江山不保尽如烟。

二

昭烈托孤能不悔，厉风花草半枯蔫。
能收泼水何时有，再表出师亦枉然。

丁酉年正月举家初至海口

举家欢作海南行，一出机舱暑浪生。
楚客衣单便潇洒，故知谊重感幽清。
芭蕉叶绿会心笑，夹竹桃红沿路迎。
候鸟自然存故道，年年来去是归程。

海口逢朱君传忠老师吟赠

苍颜最忆老师恩,六十童冠五柳门。
学辈才疏秋草伏,先生德素夕花繁。
居闲更抱范张谊,敲句且看荆楚魂。
鸡唱木棉清露下,霜鸥高蘻向朝暾。

信步南渡江海瑞大桥口占二首

一

昏耄日渐惧寒暑,湖海轮流缓病痾。
椰树蝶飞梦残柳,福山莺啭枕幽箫。
惭深泪洒天涯雨,恨重情凄江上桥。
何故直臣还不测,回眸琼野意怊怊。

二

自古炎黄四海崇,琼崖更是郁葱葱。
苍鹰翼举三泉涌,叶子花妍五指红。
甚庆今朝争重宪,不为昔日醉呼嵩。
闲看山水多奇笔,南渡江怀海瑞公。

湘琼杂记

一

独在钓台思笠蓑，是非人世墨难磨。
愁闻寇准贬流饮，笑赏善卷归隐歌。
急流溅白江豚泛，残照翻红霜鹭过。
目浅岂能成大器，鲲鹏一跃万顷波。

二

顾步江堤俗事离，醉飞蝴蝶引遐思。
稀龄已近文情炽，旧友多疏世俗知。
一路顺风焉自得，百年弹指有何疑。
形骸能在真男子，大雁来回戏说痴。

三

为人几个可持常，一旦怀恩永不忘。
拙性无嫌亲弟妹，衰身有愧孝爹娘。
小斟词句精神可，时植菜蔬筋骨强。
将把余生寄余憾，栽萱培蕙做酬偿。

四

坦怀能做海天巡，骨有浩然情性真。
凤鸟高鸣歌大野，紫荆含笑对归津。
薄徒心内仍藏鬼，圣哲目中时见仁。
朋友于知肝胆照，垂堂诫守白头亲。

五

痴在白头如楚魂,杖扶夕照唱黄昏。
椰林夜露还愁别,蓬户藤桥隐远村。
日月随心山径步,炎凉可意竹烟门。
鸦呜月下高坟土,几只残杯觅旧痕。

六

独卧山楼与竹盟,冲冠一拍拙诗成。
未逢僧道何弹指,能得烟霞做秒争。
金玉盈堂小人贵,苍生交口丈夫荣。
梅凋万点委蓬草,杖指溪流听韵声。

七

看惯风云唯守真,明时多见隐才伸。
江涛涌涌江鸥舞,椰雨甘甘椰子新。
笑读今诗少年稚,醉吟古月白头亲。
烟霞过客知多少,儒雅长持有几人。

八

宪治高举尤恬淡,浪得虚名作笑传。
书上无言依月读,山中有思傍霞贪。
精扶窭室心深慰,净扫赃官味略甘。
试问风流在何处,虎蝇纵性几回惭。

九

稀年日近哪须推，偷得自由真性偎。
午起多闲茶半碗，诗成自贺酒三杯。
衷情蔬果园中摘，养性芷兰棚下培。
乐此何疲人足矣，福山路远借风回。

十

汹涌寒云日夜飞，慈心空有事多违。
霜侵宿鸟衔枯叶，风冷瘦牛望暖衣。
莫怪天高情自薄，只怜身老力堪微。
糊涂世界谁真解，败柳篱前吟夕晖。

十一

世少古风伤老颜，云霞见惯一般般。
横桥南渡江涛涌，隔树西溪钓矶闲。
独坐蚊雷忧路险，忽惊鸟唱报恩还。
不疑衰迈情犹弱，善意常令泪自潸。

十二

晨霞唤起鸟围鸣，闲在高楼江面平。
鬓白眼花枯叶落，心宽身爽老林荣。
武陵伤别因阴冷，海岛重来为暖晴。
但愿文魁多照耀，得诗千首报归程。

自海口寄常德忠星友

一

相隔时多愁绪浓,未能先吐念思同。
性真虽得交情厚,身老但惭吟事空。
云水笔端遐想泛,弟兄杯里道心通。
何时再做石门会,舟棹洞庭歌鬼雄。

二

诗里灵魂何处寻,文章传世作雷音。
读书千卷蕙兰寄,为客百年藜藿阴。
未愧毫端涌真性,深欢梦下解贤箴。
先人实践红灯举,余日多为吹哨吟。

罗涛君招游五指山

一

农庄有约踏芳辰,当日正逢天放晴。
试步同跳竹竿舞,闲心独品涌泉声。
隔山传唱欢无隔,盈席复酣香早盈。
宴散月圆宵静后,眼中仍漾野黎情。

二

椰风细细物灵灵，百里清溪笑未停。
幽蝶双飞添野气，麦樱疏放倍温馨。
醉春多是山乡色，留晚遥看五指形。
福地人间峰隐处，鸟声常啭入林坰。

笔　直

笔摇今古几宏通，直士精神日月融。
高阁望迎怜倦雁，远山难舍挽残虹。
天人相合川原秀，翰墨自磨吟境雄。
看惯几多文化事，甚悲无力断奴风。

山　家

大地回苏万物欢，闲居山屋用心观。
草坪花艳狂蝴蝶，腊肉香飘挂晒竿。
龛灶常燃传孝顺，春联新对见忠肝。
农人自古多敦厚，危困之时更仰看。

海口福山陋舍初居

福山寒舍草茵茵,无冻琼州雨露仁。
肥燕穿檐霞共舞,娇孙绕膝月同新。
年轻未解先慈嘱,老大方知隔代亲。
三世同堂犹足贵,凡间最乐是天伦。

海边夜宵

不惜人生一掷梭,轻风海岸助吟哦。
残霞似挂生花笔,木槿犹凋愁草坡。
钓客江头心淡淡,椰枝月下袖婆娑。
昔人野兴今人又,煮酒鱼虾潮浪和。

作栋夫妇海口招饮

作栋故知尤重情,醴醪不可限三巡。
唱风倾盏推心酌,踏月同吟绕院行。
绿叶常新挥手见,红花如旧点头迎。
白云几朵星能数,无谓蛙虫任自鸣。

陪友德兄等友游琼北大草原

一车欢笑上云罗,琼北草原良马多。
敏手遥招踠蹄举,长鞭轻甩疾风过。
玉鸥惊起穿空去,海浪腾翻拍岸歌。
红树林旁思故事,斑鱼煮酒揖东坡。

送伏牛君归常

异地有缘糟老头,此情难得更非求。
贪杯桌上随鼾止,得赋胸中并梦邮。
归兴浓浓同日暖,离情怅怅共云愁。
老顽只是凡夫见,自古诗家重侣俦。

云上作

俗心何以入云程,日有新诗欢喜盛。
可咏不疑当尽力,唤春自信慰平生。
古今笔墨忧千载,风雨山川笑一声。
康健唯求能自理,挥竿江海钓波泓。

送友子外出务工

正月农家多远尘,山中美景送离人。
媚从杨柳迷归燕,残在梅花愁碧筠。
不假一言君子本,看穿万紫圣贤真。
蹄轻之辈宁能屑,云水在壶同旅身。

赠居岛老友

不思长寿自融融,海岛宜居几老翁。
南渡江湾投钓饮,北楼荣室沐香烘。
大王棕直枝流绿,火焰树高花醉红。
雨后琼州堪惊艳,碧装一袭泛清空。

自　问

海浪滔滔不载愁,风情大异是琼州。
江湖有隔云中寄,蜂蝶自群花下游。
院里林荫依枕寐,溪边水静任文楸。
相思本是年轻病,何故老来还未丢。

缠　心

风雨眼前偏起疑，缠心旧事总难离。
一怀死守予老爱，两者可抛人少知。
白雨击撞生命乐，红炉锻就爱情诗。
百年回首非三哭，先烈坟头有所思。

人老心不老

近日痴迷何谓无，渔樵也说郑糊涂。
旧书闲目还欹枕，疲马虚鞭仍在途。
梅红一树香千里，酒醉三杯小丈夫。
人老何因心不老，误将新句写田苏。

海岛初晴

半夜诗翻耳目聪，初晴海岛更丰茸。
明霞拨去连天雾，朝槿送来垂地红。
虫响郊原传讯息，椰摇庭院报清风。
泰来方解何否极，壶渡深藏善意中。

闲　坐

冷看尘世昔今非，天塌于吾也是微。
远友晚回深寂寞，邻翁来约甚投机。
龙塘河瘦红鱼浅，鸡蛋花痴紫燕归。
满野禾苗碧如海，夕阳摇落正追肥。

雨蓑有感

一袭雨蓑遮暑寒，苟存时下总缠牵。
溪山命共生相伴，霄壤情通毁自连。
风在云中能去找，梅开雪里甚堪怜。
渔翁远隔虎蝇辈，不叹衰身只叹贤。

进　言

千秋风雨向篱藩，水去水来同一源。
气浊飞鹏空有翅，路幽毒虎几多痕。
铁笼虽备当治本，恶竹尚余须斩根。
种树贤名垂万古，太平尘世寄儿孙。

春分小思

春分琼岛友相惜,气候中和不忍归。
回味灵泉思朋饮,信游南渡品余晖。
苏公祠古云鸿度,海瑞桥横烟鹤飞。
自古文章写衰兴,渭川唯作太公依。

分界洲

甚爱海南分界洲,夙怀各异不同游。
偶成知己共清盏,未乏同人多白头。
五指山中乔木密,万泉河上小船浮。
回看不忆昔时恼,老酒一壶沉玉钩。

黄君招饮谈笑

心痴在眼自蒙蒙,万象皆于感觉中。
静对枯荣千古一,煦涵凉热四时同。
猢狲木熟林边白,鸡蛋花开树顶红。
景色犹随目光转,从来人物似相通。

信步南渡江归来

无梦之眠早不来,步留南渡复依槐。
懒呼闲鹤诗潮起,只载清风袖手回。
不怪野夫投钓俗,似闻江上断桥哀。
弦琴欲拨檐前鸟,树影隔窗憎不开。

海口初游

南方四季有红英,琼景初游百感生。
海瑞桥头衰目白,东坡湖上晚风清。
云急鹰飞年少梦,月明杯举旅翁情。
近枯残笔为谁有,窗下拳拳写竹声。

寄常德老友

老来归故里,唯恨得诗悭。
风恶枝枝乱,心空事事闲。
贪安卧寒舍,寻静向深山。
君在琼楼处,何时可共攀。

刘兄稀龄寿诞寄赠

为人重性情,吾敬本之兄。
内外皆修畅,是非尤分明。
高松栖白凤,幽谷啭黄莺。
七十何稀有,茶香满柳城。

答津市故人

幽栖来少净心尘,小屋三间好安身。
白日山阶吟草木,黄昏溪渚品秋春。
五公祠下同论道,三岛暝中能结邻。
此景于吾心早定,菜蔬将种更归真。

叹好运

古今尘事两茫茫,不见奇文怪冷肠。
薄命难知非薄命,春光常驻不春光。
池中有月鱼生妒,山径多花蝶欲狂。
好运何因忘墨客,红凋木槿泣遗香。

醉　途

三杯下肚回家去，何处能逢不散筵。
拂面轻风吹败叶，违心骤雨湿黄蝉。
孤身感慨酒情正，双目蒙眬诗兴还。
初霁云翻昏月下，一敲偷得到门前。

海口偶逢厚松兄，饮后寄赠

一

屈指交清快卅年，昔时逸影幻于前。
倾杯一笑鬓双白，点首四休予独怜。
契阔东门存旧好，相逢南国启新缘。
难料世态封囊底，蓬岛为邻同浩然。

二

今日座中皆故情，友人谈笑走余声。
感君还记寒灰暖，成我犹贪古井清。
少壮风云振石窟，文章忧乐为民生。
破庐羞愧一张桌，缝纫机边枯笔横。

有觉某文

小文初读对星繁,含泪追思为本源。
野性作强金虎厉,高才受辱馋蚊喧。
身惭无奈叹云涌,心恨难平同浪掀。
欣喜当今正风发,晨霞万里鹄鸿翻。

答朋友所笑

莫笑老夫文下痴,天心荡荡拒强为。
有情无句一窗雨,适兴忘机千首诗。
洗眼远身衰去日,虚怀幽抱少年时。
平生懒悉青云道,劫后逸怀尤不羁。

二月农家

琼州艺植四时忙,二月农家正插秧。
布谷未鸣犁早动,木棉才谢稻犹黄。
端杯便见主宾乐,遍野唯闻瓜果香。
只惜今人鲜识此,何须梦里怪刘郎。

忆常德旧事

一

沙滩信步海茫茫,北斗悬空夏夜凉。
世上暑寒皆自是,人生长短怎相商。
桃花未绽春词动,旅雁归来秋菊黄。
不到百年何老有,鬓霜空羡烂柯郎。

二

稀年万事可抛开,有止有游随兴来。
荷叶半枯余韵足,黄花新发淡香回。
移居石室身常懒,偷步山村心不灰。
带雨乌云正风起,醉逢乡叟吊床偎。

三

清净六根同隐身,有生谁可出红尘。
城喧只计风云诡,野外方知草木新。
诗作旧书添雅趣,山楼小酒寄闲人。
锄头一背非蕉鹿,临暮灌园感谛真。

四

德山寺鼓自乾明,枉渚朝云非乞名。
投钓台空绝禅让,孤峰塔矗任凤鸣。
农家春种为秋实,大雁南来复北征。
未信仙凡断因果,善念生处福同生。

五

力殚何季借花知,又得秋风大半时。
玉露早来阳鸟近,晚霞迟绽菊花疲。
园中瓜架归庄蝶,月下东窗卧酒痴。
但愿年年有此时,诗成自贺解无为。

六

尘寰何处无风景,故里重来做兴叹。
草翠花妍绘春色,鸡鸣鸭唱报平安。
村居早冒山乡味,市酒随携老少欢。
又有邻童不知事,隐身窗外正偷看。

七

武陵三月百花开,想上桃源君早来。
楚调楼船瘦云薄,秦人阡陌古风回。
蓝桥野艳诗心疚,碧水残红溪语诙。
寻梦余生一如往,未愁双鬓雪皑皑。

八

一夜无眠盼天亮,晨闻鸟唱甚悠扬。
道心怀抱滋清骨,野趣吟缠润瘦肠。
能辨是非真智慧,漫抛名利好诗章。
水风不奈梅花意,热血未寒少年狂。

九

忽病衰身笔少耕,阳台独坐伴飞萤。
流云渺渺远高月,老柳苍苍垂碧泓。
书味含香隔窗吐,诗心如野带溪萦。
不眠之夜忆鸡起,有梦幽怀常在程。

十

尘埃早隔可同方,眼下时时生景光。
新里云深危坐久,故山林阔逸情扬。
斜阳穷胜赏清意,小酒歌酣回老香。
汹涌大江谁顾尔,举杯邀月共幽塘。

独坐柔桑杂林

语不由心非好男,莫欺人老绝鸢肩。
一吟犹解千秋惑,杯酒能浮万里船。
野色蝶狂宵露淡,溪声花语晓风传。
苍天岂得囚鹰苦,江上柔桑亦怆然。

夜步南渡江

忽寒虫响绝,月色白如霜。
独步江声寂,深思云语惶。
鸥心早联络,椰气暗传香。
望到莲峰顶,虚观明八荒。

岂　疑

岂疑尘世有同方,时遇机心懒计量。
夕阳催人飞海岳,清思任我著文章。
虑深趣逸情犹野,怀远心贞气自刚。
似信名垂千万载,不辞朝夕煮桃汤。

冬下海南杂吟

一

花草海南如断愁,四时葱郁胜沧洲。
山中椰树慢招手,江渚蒹葭频点头。
青薜隔溪传笑语,小花漫野著风流。
诗家余日还持偈,南渡一槎蓬岛游。

二

昨夜莺啼又一年，翻身策杖似童顽。
云虹照水心同洗，花草酣冬情自燃。
迎客高吟蜗室乐，泊舟幽梦蜃楼眠。
湖湘趣味焉能改，踏浪裁霞思白仙。

三

机场半夜接吾孙，一觉醒来对晓暾。
红径新开梅气盛，明窗半掩海风温。
渐添荣旺生涯乐，不改老心家道存。
绕膝余年唯吐哺，诗家况味壮遗痕。

四

对月还惊恋未终，暗云难见眼蒙蒙。
杯留余味知情重，灯照小诗言觉空。
地远桃源方竹翠，冬深海岛木棉红。
一机穿梦琼湘近，未悟相思半盏中。

五

近贪晨步势骎骎，薄雾随风远翠林。
雀叫野亭黄蝶舞，椰摇夹道白头吟。
古情对日谁能改，老骨除埃岂惧侵。
去住飞鸥岂知我，时停时矗似同心。

笑　狂

尤憎寿望万年长，腐恶根由不自量。
善满尘寰擒毒虎，雨滋沃野舞商羊。
衣肥骨瘦同村叟，云白天蓝恋夕阳。
君子何时疏历落，临风得句又醒狂。

怀　古

云烟连海峡，晨望动幽情。
信步羊山径，懒闻马蹄声。
鸟飞斜影逝，日出雾花明。
商土由来久，无颜负野名。

黎家小住

居深未少古风亲，来往黎家甚觉真。
村舍引杯遮笑口，山塘垂钓养闲身。
千诗已就吟还富，七十将临心不贫。
四季常青海南木，何须万里慕吴莼。

黎家山村一日游

当下山林非旧时，畅游道上感来迟。
深林鸟哢传惊赏，遍野花开待觉持。
溪水犹怜夕阳醉，椰烟敢爱老榕知。
炊香暗送馋诗客，新派古风双照之。

独 居

一

不得独居何独鲜，野香时向陋斋传。
鸟歌云雾山灵舞，虫响苹藤溪叟颠。
夜下长明灯一盏，箧中自乐韵千篇。
几时归去还难说，只把痴情共月圆。

二

云风自在有藤鞋，面友深憎非我乖。
高气每教做溪渡，逸情多得聚山斋。
暮岚环绕霞千树，秋叶飘飞梦半阶。
俗鸟皆随夕阳散，幽溪独听净虚怀。

几回梦逢五柳先贤

避寒南海自逍遥,梦里常逢五柳陶。
浮世难穷人作弄,深山不隔意喧嘈。
乐端孤抱游云上,诗兴今因好鸟高。
一把无弦与谁奏,霞连彭泽送醪糟。

赠黄勇老弟

无鱼何以怪河清,又有霎时真自明。
在野得闲朋少问,居幽知足梦难生。
天边空挂初弦月,山路独思琴叶樱。
聊吟苏过天涯句,老泪全含父子情。

偶　书

远离沉澧断生非,只是老心仍北晞。
巨礁相邀云也绕,翔帆不见浪何依。
霞缠夕照椰风过,燕掠宵潮钓客归。
好酒惜怀唯细饮,此时该是雁来飞。

史　兴

板桥无饮便糊涂，月照微微竹影疏。
水逆行舟非过去，风摧秀木悔当初。
高材哪奈嚣尘妒，散发因知江塞污。
阮哭穷行时已晚，眼前草秽自荷锄。

夜读偶记

旧书闲读能知故，尘世平安代代求。
不怪隔烟空际渺，只将迷雾袖中收。
筵章常忆滕王阁，酹酒更思黄鹤楼。
今古兴亡俱人事，无鞭可阻大江流。

述怀并寄陈兄

未愧平生知所憎，虽残气力故怀仍。
新词选拾唯吟爱，往事全抛休说曾。
溪涧自游常自得，峰峦成望不成登。
衰躯一副为凭用，偷得余年做点灯。

忆春游津市翊武母校

翊武校园吾所欣,离离丘野溢香薰。
入宵春意何须道,拂晓燕声堪动闻。
满目溪山向湖海,一头霜雪接风云。
芳兰故里芳兰叟,喜作登高忆蒋君。

复 悟

一

窗雾蒙蒙树影浮,糊涂一叹更糊涂。
三茅山里尘埃重,五柳篱边酒意殊。
欲往还疑非本愿,深思转觉有他图。
形形色色人流内,不尽忧欢总在途。

二

夜觉山深厌夏凉,自生娱乐一癫狂。
闲吟溪岸连峰渺,笑计荷池几日芳。
鸟雀能来将易散,烟云摘得不堪伤。
严陵拒谊各猜测,费解空然已早忘。

游五指山为风雨所阻

心多郁积苦彷徨，世事几回如所望。
人老何因梦非老，身忘偏又结难忘。
万泉河上乌云厚，五指山中暴雨狂。
疑是神仙欲来伴，近如咫尺若参商。

寄湘潭曹君

不悔多回为俗排，残书千册远城街。
眼前山势凌云汉，月下鸟声惊藓阶。
空有陈醪少风物，唯期挚友话情怀。
此心希与老兄共，复见雁行岚雾埋。

有所思

早测黄昏不为期，琼州四季草离离。
存心长伴林中月，无利偏寻世外芝。
老树经行根力喜，残书趺坐影形疲。
明珠难得糊涂字，目对山云有所思。

自　况

山鸟解情常暗临，世风嫌染白头巾。
瘦身抱病休倾盏，名曲在盘任品琴。
春力该俱怀即暖，眼量未够景难深。
好诗还可挑灯读，只把尘埃做笑吟。

无　奈

平生多坎坷，仙事仅能闻。
无语心犹静，成文意倍欣。
池清怜影落，林近品香薰。
但恨青霞渺，难随雁入云。

自　解

宿醉稍轻仍在头，今年甚感少心由。
元非桂酒能欺叟，也是菊花偏爱秋。
极目天涯思贵客，忘机云上做闲鸥。
须知万物不无限，拒做世争多侣俦。

一 年

不闻尘事不相牵，只伴诗书又一年。
飞雪香醪待亲故，夕阳凉竹候渔畋。
古风能守堪为雅，陋室长安即是禅。
若问山中最留爱，月圆藤蔓野桥边。

自 歌

能迎知友倍欣欣，久未端杯一盏醺。
岚里渔船歌入耳，空中旅雁翅穿云。
虽衰老腿仍游野，早静清心也恋群。
浮世既来岂由己，怀常自好便芬芬。

寄常德振海主席

湘琼来去做蓬飘，偶尔三杯应友招。
鸟语卧听同日出，海岚醉看坐山腰。
真真假假唯闲对，淡淡咸咸实懒挑。
极目苍空鸥影淡，长波怠倦拍浮礁。

春下黎村游

春下之居感慨多,难忘村叟好黎哥。
提来热酒先三盏,拾得溪鲜煮一锅。
乡秘探寻拨荆棘,家常说笑倚藤萝。
趁机还问东坡故,不信真逢春梦婆。

福山杂吟

山门早隔俗埃侵,静对自然时抱琴。
不厌肥鱼吹野水,但怜疲鸟入烟岑。
残碑风雨尘怀满,古木炎凉感受深。
今事知吾书一本,月光朗朗盏中吟。

月下有怀

世上别离多自怜,忧欢深处暗丝牵。
溪边草室高吟出,江上花洲任醉眠。
芦荻摇摇叹月黯,峰峦蔼蔼与天连。
青云不散还东去,小咏似难为寄笺。

劝友且自劝

一

不熄孤灯向佛思,劝言几句莫生疑。
清风雅意同兰友,小酒诙谈做乐师。
塘上红鱼也吹水,山中白发且抛丝。
休言岁老明尘晚,有意安闲何早迟。

二

看惯荣枯绝怅惘,只持欢喜在眉头。
知心雁语归郊渚,心肺稻香漫沃丘。
岁暮依然吟有兴,身孤未必定无俦。
偏怜梅绽花稀日,莫道叶飞皆是愁。

吐 怀

青灯早照鸟安巢,岂许骥驽为混淆。
星落玉杯多共醉,影沉溪水好同泡。
愁边偏爱留莺啭,梦里还闻衰虎啸。
郁积将平诗百首,只供君子做推敲。

自 娱

一

尘事不料心反融,一眠身外特轻松。
有壶稀饮黄元帅,丛果偏怜红火龙。
好友能来从酒兴,凉风自到理诗惊。
海南风色椰林最,不说翠茏常翠茏。

二

朽到耆龄面目非,故人相忆泪嘘唏。
余年只作琼楼寄,往事多随烟雨飞。
踏夜蹒跚难达变,临风呼啸粗通微。
心牵月下情仍故,一缕相思带梦依。

寄赠代惠君

红尘不测老龙钟,无我乾坤一笑纵。
云水驾轻真旷世,高低看淡自从容。
三间砖舍喧声止,几册诗书月色供。
竹影疏疏涛露下,山岚绕处近高峰。

留客黎家

黎家留客改行程,犹豫再三还度衡。
清月幽怀去归止,小杯微酌笑谈生。
旧闻同忆苦茶盏,余味不穷新菜羹。
夜下溪流向南海,源源未断是纯情。

偶　成

一

未见几人真脱樊,山楼疑可隔尘喧。
只求清气能成势,不说俗灰将绝源。
早倦叹嗟寄云海,未穷欢喜付瓜园。
丹心永与生灵系,老魄安愁化鹤猿。

二

近年偏与诗为友,百首虽成意未酬。
老树依云似相倚,残花落叶不能留。
可同一户欢和福,不变千年恨与愁。
自古大家天赋辈,只将无奈做敲求。

寄斌侄

虽在蓬茅心未闲，风云常在实虚间。
梦藏隐念形多损，琴入深思泪暗潸。
初惬涵濡景加彩，畅舒吐纳面添颜。
不疑日月自来去，静看斜阳照远山。

寄赠五指山"山东农庄"主人

五指一行频共嗟，萦怀甚久客农家。
溪清白石闻黄鸟，须峦青榕沐紫霞。
翠翠菜蔬甘瘦腹，绵绵谷酒润衰牙。
主人好客山东派，相照豪情留海涯。

偶　成

我哭我歌非我狂，甚悲尘俗几鸡肠。
上云旅雁犹怀梦，落地残梅暗送香。
南渡江中飞白鸟，木棉街上泛红光。
断桥[①]孤泣求宽恕，说是不忘偏早忘。

①断桥：指侵华日军在南渡口海口段所修建的一座铁桥，现已断毁，只剩残墟。

山中望客

鸟唱黎明人早醒，床头有思对溪云。
鸥声恋恋还回首，椰影摇摇急迎君。
策杖门前清气绕，披衣兰下雅香醺。
莫猜山舍怕孤独，风色可餐供友分。

答　昆

心意无空勿信空，诙谐自备乐难穷。
机缘来去由他作，物我古今皆可通。
染绿人看画窗外，落红鸟拾小园中。
只求山野常晴好，一得春晖更郁葱。

寄答甥

飙风琼海白鸥惊，复把烟尘作笔耕。
酒迹空花任浪走，流光月影泛渟泓。
冬随一叶凄悄没，春动万灵蓬勃生。
吾性朗然无唯唯，自分憎爱自纵横。

德 业

近死将知德业成,虽空皮骨且勤行。
春秋长短非私义,忧乐古今多共生。
云积千层日如旧,舟行万里水痴情。
不疑草木春来后,山野平川同向荣。

野 步

野步柳堤思折枝,景景往事又难羁。
假真该在溪澄里,恩怨都为风过时。
眼底不空风色近,杯中似悔钓台迟。
昏花小醉随情往,窃喜连连自下知。

山居记

三月琼州美翠埃,最佳何处不须猜。
海鸥振翮追云远,椰木飘香扑鼻来。
鸡鸭归笼夜灯亮,池光戏饮笑容开。
在巢家燕绕檐啭,疑故惊欢月下杯。

寄朗州故友龙君

常忆先贤咏德薰，王侯葬处几孤坟。
秦人洞口桃花障，夷望溪流山霭氛。
壁上藤萝误哀郁，壶中佳句助欢欣。
风光应与风骚兴，偷得余生只伴君。

偶　愁

愁往江边鸟正还，登亭远望泪花寒。
一生意气留云待，千首歌诗伴月看。
笔翰向期甘淡薄，酒朋谁解守孤单。
浮云飘过暮霞尽，夜下空空老井干。

行步成都宽窄巷子

几多后悔足留遗，有序尘寰非梦期。
后绿犹欣啼鸟爱，余香不去落花悲。
春深五谷天应乐，果熟三秋农所怡。
盛岁难逢当倍惜，宽人窄己丈夫持。

候王兄来访

溪菊香绕水盈盈，闸蟹正肥篱下烹。
百感诗中知友醉，孤心笔底羡君成。
总酣意气还寻梦，无一文章不重情。
几上西楼望圆月，秋风迎雁更迎兄。

朋友聚会后作

朋友相邀难却三，虽开味口怕肥甘。
早将诗骨穷咳唾，又苦残躯少笑谈。
黄菊半凋寒雁返，红枫全赤暮烟含。
谁询病老何如意，酒兴空持不敢酣。

寄赠药山钱兄

从来诗作入深难，句到嘴边还孔艰。
时雨将临无可阻，暖风吹去似相关。
真情也要同心守，长怨犹应一笔删。
有变苍穹何足怪，莫将云雾作云山。

送 客

寒家所幸有高宾，送客山头天放晴。
云卷泉流步朝径，禽鸣虫语做芳邻。
溪林未止思安止，日月常新业更新。
壮志在怀休说老，应知多是后来人。

偶 思

四月桃花做泪盈，一江春水泛残荣。
时机不待迟来客，归去犹能再奏笙。
藤木成荫赖甘雨，诗文出彩傍真情。
流传千古几人可，南海悠悠济老生。

《故在诗草》校毕有感

半江秋水好安舟，爱恨揉将做钓钩。
大作叹无才近竭，小诗编罢韵还求。
是非褒贬文中找，苦辣酸甜心上留。
如泣如歌人静后，一轮弯月复添愁。

述 狂

双目横秋眉已霜，性情逼逼见乖张。
西天挂月东天亮，朽木随流新木芳。
疑带余雄恐为疾，尚存霸气又成章。
金兰有约柴门下，竹骨峋嶙笑老狂。

回 首

行到终途悟路难，卅年回首笑团团。
虽经暴雨心仍热，自是俗风情却寒。
金桂传香思故友，远鸿落地报归安。
三杯下喉棹舟去，独泊斜阳梦未残。

示 友

一

日于朝夕共苍天，过客死生何后先。
久在浮尘皆不易，成人之美两怡然。

二

早共乡风知意洽，相逢异地感缘深。
三杯暖胃兄情厚，羊蹄甲①花同此心。

①羊蹄甲：一种花树，喻兄弟情谊。

梦遇诗圣

几回能做逸鸿飞，虽占先魁未沐晖。
心气孤高投足苦，胸襟疏阔置身微。
不单去住会音少，更有浮沉知己稀。
千古文人同此恨，诗家总与运相违。

思诗仙

自古奇才遭冷落，几回心解又如何。
同酬同醉甚相友，乱奖乱彰能许多。
屈子辞章悬碧汉，诗仙文采泛银河。
聪明人等糊涂处，字字珠玑字字过。

游三沙

一跃高空云上飞,金光万道裹霞衣。
心中豪气长虹接,梦里战旗天将挥。
南海惊涛会鱼跃,西沙横剑见神威。
黄埃万道岂遮眼,中华疆土不容违。

海口大雾

一周如在海王宫,究里未明忧未穷。
湿气直停江水入,老怀思借火云烘。
虫鸣鸟举迷茫里,叶润花妍隐见中。
四壁珠莹构一景,有求当下卷干风。

海口细雨

满天细雨罩椰蓉,日出也难云万重。
闲叟遣愁琴急拨,乡朋醉酒意先浓。
雾中翠鸟常迷路,月下湿花还动容。
不得奈何吟一首,携壶邻居老龙钟。

冠毅君赠酒海口

风和日暖小年时,海岛百花情不羁。
美酒释心千里到,老夫坐石一壶随。
清溪把钓为鱼乐,倒峡敲文非我痴。
大义岂能言语表,春中三昧宋君知。

看囚鸟出笼

乐哉尤是奋飞时,一出囚笼纵意为。
含露紫荆还竞爽,凌空蝴蝶戏相追。
人生成败言难尽,物候荣枯先有期。
笑问何时可无缚,披霞万物自由之。

福山小坐

尘世忧欢自古同,愁云拨去水天通。
暗怀心思鬼针白,不做身谋木槿红。
远隔俗流行自定,久持初志目无空。
高峰登得清风里,山势犹奔更郁葱。

读经平君春节问候微信

无寒南海但思亲,时有同情水上萍。
常倚初心怜匪石,今看微信幻随形。
湘云千里接琼岛,椰月共时悬洞庭。
莫上西楼负君意,衔杯春暖赏峰青。

深　觉

老夫心下握妍媸,旧梦不嫌新梦随。
清味正临皆得所,野情自抱早从宜。
武陵别友远冰雪,蓬岛醉予来海涯。
仙阁难逢仙境在,身同未觉有差池。

答常德友人

路遥千里拜年声,话暖心甜浊泪盈。
燕寝难忘归燕乐,牛年更泛老牛情。
樽前睥睨哀凡鸟,笔下蓬莱度众生。
若问余时何趣有,文园半分用心耕。

游近郊口占

养真嚣市隔聱聱,策杖初晴坐近郊。
别有是非细斟酌,漫将忧喜做烹炮。
闲拈旧韵为纵遣,笑对无弦解俗嘲。
块垒浇平心自好,何须月下做僧敲。

踏 露

踏露兴高为晓行,回头时刻晚霞生。
苍山莽莽沉香贵,海水蓝蓝鸥鸟轻。
相处难欢当早隐,投机不得岂多情。
问心泰适连衡岳,有幸何须劳耳鸣。

偶逢卜君于海口

南海有朋非远方,含灵草木四时香。
廿年再见能无饮,三盏相过枉限量。
不对清风思故事,唯求明月照探肠。
开封日出人衰迈,枕上涕零同望乡。

黎林小钓

三亩能安百代师,投竿万里钓私池。
黎家性厚何浓淡,琼岛花鲜无早迟。
铺地蕉林遮海浪,连天雾雨挂榕丝。
周身善气腮中看,岭上老翁犹早知。

谒当涂李白墓

水底月明思谪仙,当涂来去路三千。
目登台寺①峰难转,身别黄松②鹤自还。
亭上观云望雨歇,舟中小饮煮鱼鲜。
古今俗子多情种,文脉悠悠一线牵。

①台寺:指九华山云台寺。
②黄松:指黄山迎客松。

寒流入侵海南作

雨雾连天断揭帘,畏飞雀鸟缩阴檐。
寒流跨海力虽弱,草木横眉兵甚严。
冷暖有衣能不计,浊清盈盏岂生嫌。
不疑热作难长拒,独倚东窗以视瞻。

赠 友

记得中秋夜,相逢一醉时。
不嫌黄菊晚,只惜桂香迟。
年久心愈炽,途悠鸟更知。
至今能不忆,难解瘾虫痴。

半夜思

半夜难眠思远行,长叹何以伴钟鸣。
空愁冬至龙蛇伏,自信春回草木荣。
一折柳枝消息断,巧逢南海饮虫生。
浮尘只作梦中看,小屋有书能听莺。

石可摧

杂念未除休说才,字无媚骨味能回。
早沽佳节杯中酒,不负夕阳江上台。
叶落千山秋气杀,菊芳一朵醉香来。
暮年心壮羞言败,水滴柔柔石可摧。

车过宜昌当阳城

当阳当饮意当酣,万载风云半盏含。
自古虎威关键出,瞬时龟缩毕生惭。
英雄未必不惧死,大义包容偷苟男。
一吼断桥张翼德,亘今豪气震江南。

过赤壁

千年难得几从容,复品"猫论"仰邓公。
月步江中吟兴起,莺鸣柳下饮欢同。
天人互敬平安久,山水相生草木丰。
一笑回头皆可悟,独怜赤壁枕和风。

看 花

挂牵非做半樽盛,别后方知根未清。
心上常怀几知己,俗中难断一人情。
所思徒步南江路,习静如登蓬岛程。
琴叶樱前人自悟,不虚贤达乃张生。

开　颜

菩萨真容在肚量，与人相处不须防。
门垂蒿草夏风细，酒饮菊花秋雨凉。
天地透心何得失，楼台在目渺圆方。
开颜时刻最珍贵，遗憾几回知短长。

重阳前夜与友聚作

半夜重云忽自开，愁容换作笑容来。
又高兴致犹多饮，今正知音能几回。
黄菊常从清酒煮，茱萸当用厚情栽。
登高不去身无力，月影同情再举杯。

梦做浮槎

老朽虽愚知废兴，先贤遗业共相承。
应惭世少沽刀叟，复憾人多粥饭僧。
白堕已非何处去，丹心柱在实无能。
灯前一笑非时识，空梦浮槎八月乘。

香　根

心香非觅有香根，随意三年断旧痕。
杂欲常除同井止，雅书时读得春温。
虽无生饮菊潭水，窃信身蒙彭祖魂。
不恨嚣尘眠不足，鸡鸣未醒是新村。

福山闲聚有作

去来难定几同俦，闲在福山花木稠。
夜听竹风呼啸过，昼看溪水急徐流。
时喧时静唯怀乐，无近无缘哪抱愁。
万望和谐千百载，一杯湖海自豪逎。

说孔子

千年师孔孔无师，亘古异才多善思。
天马行空蹄任奋，灵龟在道哪须追。
山川眼底从容见，甘苦心中同嚼饴。
万物相通何逆悖，云烟一缕绕瑶池。

忆登常德招屈亭

小对尘嚣恨不禁,屈亭月缺独登临。
天人有忌凤鸾至,山水含灵雨露深。
亘古终归唯达本,千年不改是良心。
狂夫几个善终少,雀鸟乱飞喧杂林。

与诗友饮

雨后云开山自崇,奇章暗喜得宗工。
弟兄高咏怜衰目,君子清淡泛直躬。
鸟唱窗前性情在,道藏身内骨筋雄。
有逢当下情如昔,不语忧欢一盏中。

闲 步

闲思胜似做云耕,河海平流实不平。
喜独喜逢唯性格,愁无愁有乃人生。
杖扶便道消吟苦,小憩江滩对月明。
长短高低皆是调,夜深偏爱小虫鸣。

人　初

小鸟如知鸣古台，因之得句又徘徊。
夜安一宿门无敲，日有三餐怀自开。
培土修枝花草俏，披衣曳履友朋来。
人初日子应如此，辜负东篱非饮才。

寄赠继才君

吉翁还忆少年时，梦幻半真歌诵诗。
日月勾罗云雀影，风霜暗染鹿麋姿。
笔挥张旭应无纸，琴动伯牙焉用词。
云下药山啸声厉，溪流细细载相思。

陪友人游海口得句并赠

异地相逢醉寂心，凉风润面坐椰岑。
流莺高啭如劝酒，玉笛谐吹寻解音。
此会堪怜吾土古，同游忽忆昔时吟。
此生无悔非愚薄，只为红尘所爱深。

无 题

闲身早寄白云乡,拙俗非为寿者藏。
眼阔乾坤千虑静,身空日月一缘装。
化城不见化心故,天醉岂将天道忘。
坐啸桃源秦洞日,若能悟透便无方。

五公祠中咏东坡

一浪孤舟向海南,过人才思面倓倓。
不随宦故烟霞重,兴逐儒风诗酒甘。
天地之难唯解悟,古今有道早深谙。
回头无泪汴京远,万里家乡①和仲男。

①苏轼诗句:海南万里真吾乡。

海口杂思九首

一

笙管清樽早已休,旧书相伴卧高楼。
初怀留得头全白,一把清风一把愁。

二

笔下多愁岂为私,剑麻如解复扬眉。
只将霜露化时雨,冰雪一心千首诗。

三

情在诗中天地宽,说来容易力行难。
春深桃树时无久,先艳几枝先是残。

四

残花独拾老夫怜,一片渺茫还系牵。
万事看开便无事,蜻蜓倒挂旧枝眠。

五

不眠之夜酒三斟,助兴银钩正思吟。
风静岛乡如处子,无言默默最迷心。

六

有心向道道当遵,一旦功成万里巡。
丽色皆从自然里,稍加修饰甚缠人。

七

有梦骚人常哭程,醉容如退叩三更。
苍丝戴月风花至,朵朵专钩老去情。

八

情字相缠万代根,游云似倦卧黄昏。
冰轮一道悬霄汉,形在荷塘象在魂。

九

文魂落落梦怀萦,山月催吟岂厌精。
远望溪流向南海,半为清水半为情。

忆秋下桃花源

不穷离思绕幽塘,向曙荷花四下望。
山舍欲明朝露重,燕巢还湿晚风凉。
千山疏雨怜残暑,几瓣紫薇传暗香。
秋下武陵更留客,桃花源里最安详。

叩询

璞玉常存少惜珍,所思有日理难伸。
元因前梦惊多妄,独醉大荒寻一真。
江渚柔桑栖小雀,海空沧浪泛狂鳞。
滥觞何故知之少,欲向天宫做叩询。

戏赠祺琪

莫笑吾家四月孩,摇头晃脑踏声阶。
如眠似醒品滋味,袅袅徽音绕笑斋。

夜过岳阳

夜色深深过岳阳,雁鸣孤月倍恓惶。
君山远望洞庭阔,画艇思游秋水凉。
泛泛古情诗意苦,幽幽尘悟俗缘长。
德山多德善卷钓,福地浮云沉睡乡。

寄北京诸友

海口冬天青翠滴，宜吟宜饮少牵缠。
单衣一抖游金岛，龟酒三倾做半仙。
鲸跃涛翻尤助兴，花鲜影动更生怜。
投缘不至芭蕉恨，小酌黄昏弦月边。

与诗友雅集

诗女诗男为雅集，风情不再做风流。
夜凉纵饮月光饮，杯浅难留诗意留。
店菊送香犹扑鼻，秋莺起咏早昂头。
能同古趣已无几，尚有残雄救困忧。

寒露日自咏

衰谢频催意反闲，枫红寒露共霞妍。
秋风伴我为匡咏，午日从时宜浅眠。
黄菊生随霜露改，紫薇凋尽蝶蜂迁。
一壶家酿酣牙月，心事犹抛懒问天。

为义山抱不平

一

义山无义且忘恩,此语失偏哀泪奔。
不见清辉照兰省,应怜朔气逼寒门。
相争两党行为俗,只好无题笑作言。
细拣君诗忠信耿,吟家厌势怎腾骞。

二

妄给结论堪欠公,谁知商隐有难衷。
初怀只想君王近,俗世所需奴仆从。
威主不离翻手下,他人仅在使驱中。
尊严高格何时有,无力老心再说空。

梅林小坐有思

冰霜无畏喜同芬,松竹和梅不可分。
自笑身心偏向独,所思雀鸟总成群。
高持一盏招三友,戏问千诗值几文。
尘俗断论因故在,笔枯衰朽更当勤。

中秋与老友刘君聚饮

卅载知交前世修,相逢今日喜心尤。
鸟啼影远声容在,岁老花凋痕迹留。
不惜年华染双鬓,权将往事寄中秋。
高看圆月同相照,一扫多年两处愁。

文与生计

欢吟自得在书帷,笔不由心价值微。
闲意已甘新句叩,多情未放苦寒饥。
无求命运能由己,久望清时众所希。
俗世羞谈文润事,只缘生计为尘靰。

自　叹

好句愁予予更愁,诗情诗语不心由。
五年读罢先昏眼,万里归来已白头。
到此如抛犹日落,余年不弃望天优。
老心当悯无从慰,一夜难眠到晓筹。

笔下滋味

笔下忧欢常莫名，个中滋味自难清。
异同翻弄浊醪候，难易击撞佳句成。
骨气初怀吟里觅，论思逸兴梦边生。
罢愁弹指俄间去，留得诗田代代耕。

多情并寄诗友

新集初成情未央，近云轻抚意昂昂。
小勤思远孤杯月，一句吟成半鬓霜。
非律百年犹况复，薄书三卷仅微偿。
弟兄愁念皆因此，文脉同承出畏匡。

细雨中

雨细虫声急，行人渐渐稀。
伞持憔悴远，衣湿再三催。
静虑风摇落，轻吟秋式微。
悠然一诗叟，岂为势而归。

知 弱

人难于自弱,未少一空愁。
鸟静山无静,水流溪不流。
目明知暗后,足滑几开头。
清澈空皮骨,云霞足可俦。

深山独对

深山岂无道,染俗几知机。
一鸟纵然出,窄途何以飞。
身愚欣与戚,酒醉是和非。
倘若心头暖,不辉便是辉。

武陵三月

武陵三月醉吟呻,亘古诗家甘苦辛。
月谈沅江一杯酒,风熏河洑万枝春。
梅林花落香痕在,峰顶云开黛色新。
日照当檐衰迈暖,微醺热榻自横陈。

斯　文

斯文笃好苦耕躬，块垒一浇层壑通。
半夜秋灯照飞叶，千年晚磬向清风。
雁行时隐峰云客，渔火孤明夜钓翁。
微醉归来诗兴涌，且吟且饮菊篱东。

怀念落杯梅香

多是悠闲思旧痕，残冬将尽老家村。
溪杨得暖愁犹断，胡雁知时意欲回。
幽兴犹浓诗榻梦，慈心早隔俗尘灰。
飘飘飞雪冰窗下，几缕梅香落酒杯。

八月十二夜饮归来并寄周君

孤僻穷翁知己少，只将君意永珍存。
看云复得余情绕，乘月相邀雅意敦。
敲杖当时正春色，梅林何处觅香痕。
心中有爱何须急，与尔同酣是故村。

大欢人世有感

大欢人世绝穷通,景色自生岐嶷中。
白鹭盘飞鱼暗出,蜻蜓倒挂蝶相从。
满坡绿笋酣斜照,一沼新荷摇晚风。
所获有吟身未倦,清香两袖寄诗工。

中秋时感

天蓝江碧白云驰,虑在今朝未醉时。
晓日当应红叶盼,晚风不解紫薇疲。
跳鱼浪白秋萍逐,浴鹭渚清长草萎。
欢喜老夫还独步,携壶乘月有何羁。

秋步沅江顿感

美美沅江荡碧波,白头千感欲吟哦。
岸枫倒影添新景,落叶传声恋旧柯。
野鸟追舟云水乐,群葵向日菊松歌。
阵来阵去秋风下,欢洽生灵天地和。

秋　景

秋风吹败叶，夜露润新苗。
黑蝶载欢舞，野人歌楚谣。
芳兰香不败，暮槿艳犹消。
沅澧淳良固，留莺啭最娇。

漫步山原

人间亘古自迁讹，漫步山原细细磨。
浪白鱼跳任玄发，鸟肥瓜熟乐耄皤。
秋林落叶压长草，暝野寒池怜败荷。
四季枯荣应欠惯，暮霞还照白鸥过。

仲　秋

仲秋沅澧自清舒，展目江晨闷气除。
吟得赏心醉庭桂，酒招知己有园蔬。
徒行杯月听听竹，仰卧看云晒晒书。
不好人师不关事，静中唯把乐情储。

庚子中秋无月夜

一

平民老者不知几,世事耳边杯一挥。
身逸意慵安逸色,风凉水澈满温辉。
密云愁望高高挂,翠鸟怡情款款飞。
对酒沅江去年夜,中秋月白醉相依。

二

来来去去几同情,物变有时何以惊。
虫语耳闻孤兴涌,凉风足踏遍身轻。
未穷雅趣吟非俗,几首小诗欢可呈。
今日中秋唯一语,自优长固福三生。

戊戌中秋夜吟

有心待月厌城喧,小酒盈壶坐小园。
情趣悠悠安僻静,风声细细所思繁。
嫦娥独别尘嚣俗,玄鹤高飞物本元。
忽见银盆自东出,泪花含满不能言。

戊戌中秋晨吟

一

清晨吟兴涌,今日乃中秋。
初照扬红脸,金风润白头。
虫声知所乐,江色早怀忧。
只愿天无变,月圆做酒侔。

二

槿花三两朵,藤叶近全枯。
何有感伤意,自怜欢乐趋。
螯杯双手握,词句一怀俱。
高诵神魂恍,桂香早入壶。

三

叶落凄凉色,全家团聚中。
长孙歌一曲,佳节饮三盅。
山势追云远,江流自向东。
南方为我梦,四季郁葱葱。

辛丑中秋

一

中秋绝钓予来钓,江面平平钩不腥。
红日当空枫寂寂,孤峰映水草青青。
白鱼吹沫投竿近,紫燕剪风随柳宁。
一坐黄昏人半倦,唯期明月落鸿渟。

二

中秋江隔善卷台,令我发凡幽思来。
山色苍苍孤塔耸,鹤声唳唳洞庭回。
何时事业堪为重,自古权名只是灰。
今夜嫦娥犹解意,圆圆笑脸欲呼杯。

重阳登高并赠晚辈

故友携壶奔日曛,扶登老迈甚欢欣。
香浓桂木迎归雁,凉透重阳飞彩云。
山雾鸟穿枯杖指,霜灯花落隔窗闻。
抚琴余兴还难尽,最爱后生犹出群。

次韵经平君善卷故里吟怀

经书洗俗一卷卷,最是心清善德山。
寂寞古祠远相忆,悠然故里思难闲。
屈亭云淡落霞对,柱渚流澄归雁环。
吾友高吟书院里,聊为步韵意湲湲。

八月十六晨记

昨宵何故竟无眠,无奈推窗月立前。
恨俗嫦娥老心解,忘机闲叟故怀缠。
疏星几点如相问,落叶一声颇自怜。
大梦人间还是梦,赏圆之夜更疑圆。

望落叶口占

秋风一阵叶飞飞,谁解中间多不靰。
善变四时几能适,花泥相共做苗肥。

八月十六夜与刘、冯诸友聚餐

招饮真朋友,微醺柳叶情。
欢同复今夜,心共喜残生。
边浦银盆起,大湖司马惊。
古今多少月,此夜最圆明。

辛丑秋风

凉风万里报秋分,碧水在前能不吟。
虫唱草残红叶落,鱼跳浪白踏歌临。
月圆前夜人微醉,日薄此时天有心。
暑热将穷耆旧乐,杖扶南北岂修今。

柳叶湖望月

柳烟隐约绕湖中,出浴银盆惊夜空。
万亩波光拥孤月,一山鹤影落清风。
云帆把酒歌来日,朝露分襟达寸忠。
懒洗归来沾手泪,今宵当幸所怜同。

连连喜事

一逢喜事总连连,八月谁忘蟹螯鲜。
健竹闲拖枫径下,村醪共饮菊篱边。
忽闻归雁穿云出,渐见晚霞临岫眠。
秋色犹深人犹醉,梦中还见月圆圆。

自调说

天高云淡健鹰翻,感慨中生欲搭言。
高雅偏欢依古木,老雄犹可立焦原。
安闲怎奈敲佳句,浇水合宜贪故园。
好友若来溪上坐,杯中余韵自潺湲。

寄昔日恩友陈君友生老

寒屋仍将昔暖存,疏林败叶觅春痕。
散身早做陶潜逸,侠胆空留剧孟魂。
吟得豪诗风又冷,长持大义梦犹温。
应怜狗尾化为草,令愧终生乃旧恩。

过 鸿

禽心甚比世心莹，高树过鸿寻昔盟。
新菊寒庐故人见，残薇败叶老虫鸣。
茶煎泉水秋香贮，句叩鸟音杯满倾。
此律能留来者戒，红尘积善乃无生。

邀 云

白云成句甚悠扬，招手诚邀可共觞。
松院樽前寒袖舞，荷池月下褐衣香。
青年莫笑老来俏，晓日何妨醉里狂。
百载只为弹指顷，余时欢乐乃行藏。

八月二十一聚饮后

早无拘束更无谋，余兴耐吟堪足勾。
兄弟重情邀短褐，山川大好向深秋。
苍苔黄叶闲人饮，雾雨沉江小艇浮。
白浪含情声细细，摇摇云影欲赓酬。

丙申九月西部游于新疆顿作

出游多次藏川疆,风色醉心回味长。
羌笛吟来击手鼓,雪莲赏罢赏胡杨。
海门隐隐飞青鸟,天路漫漫归白羊。
沙漠草原无限美,深嵌老骨哪能忘。

秋赠侄辈

澄碧沅江暗暗流,老朽贪欢山里头。
灯挑小屋月如水,茶煮甘泉酒似油。
落叶应知孤凤愿,惊涛不压巨鲸游。
自然沉醉余年下,望尔高飞志早酬。

安 归

大多时日在堂闱,全断机心甚乐归。
双眼唯书犹不息,一生遵道绝无违。
梅花初绽欢春近,烟水已多笑雪飞。
早燕复回何戚戚,壶中时日有芳菲。

江边行吟

抱疴之朽更无图，所感唯凭常模糊。
红树染成怜到骨，江风吹得笑盈须。
渔船已破唯空对，鸟语怀伤甚感孤。
万物能溶小杯里，诗情涌处自携壶。

诗田躬耕吟

寂静夜空吾所欣，且歌且步意醺醺。
初衰杨柳还能舞，难别莺声时可闻。
朗朗月光相聚影，溶溶江色更飞纹。
老夫身外皆无恋，诗下躬耕尽力耘。

寄赠师友诚二

无弦可断忆陶琴，尔汝琢磨到如今。
屋僻深时多故意，菊清淡处赏同音。
历经日月知明暗，莫向江湖问浅深。
昨饮欢酬已存忆，一浇愁垒快予心。

思对细流忽感而作

独渐溪水志之坚，不息向前越大山。
思对细流怀始识，杖扶幽径意稍惆。
生生碧野除予病，树树紫薇熏世闲。
难化石头怜影老，任鸣云鸟解吟艰。
文情自涌为天就，骨性生成不改顽。
问道昆仑也无惧，携壶一啸敢登攀。

辛丑元宵步吟沅江边

莫向新年问醉无，多多欢乐甚愁余。
孤携吟草滋传景，还坐寒江赏跃鱼。
几树残梅故情抱，一堤杨柳待春梳。
老心仍向桃溪寄，何日洞开赊一庐。

清晨菊蕾抽开兴高而作

已朽发肤偏思稠，朝晨忽见菊花抽。
鸟啼红树用心细，溪向清衷出语柔。
陌上易安闲里乐，人间未变老来愁。
少年意气冲天去，多少低垂是白头。

桃花源登高远眺情思催发

桃花源里好耘耕，山水武陵殊景生。
志固常应黄鸟啭，兴高如做白云行。
江容万水向东去，桥接双峰亘古情。
天意人心当无异，杖头催发夕阳精。

和经平君沅陵二酉山咏怀

二酉藏书岂献完，承续文脉数千年。
飞云俯视吟黄帝，秀木遥看觅善卷。
高阁画楼俗人惜，流溪奇石达贤怜。
何时共往同三拜，圣哲遗芳永庆绵。

辛丑重阳节前九日写

家望当前谁可承，岂疑红日上金绳。
林深总有几枝秀，心壮浑如百事能。
不计风情老黄菊，空怀感叹古青灯。
故人皆好予还醉，可解此思来者应。

自　语

不可强横做服膺，清时难得负从绳。
窗前看月倍惆怅，雪下怜梅调震凌。
天阔方知羁士苦，山高未阻壮才登。
晚香贵菊秋风细，当下所思非自矜。

读经平会长沅陵二酉山咏怀再感

二酉藏书天下分，老夫孤陋自欣欣。
岂知传脉深非易，忽见咏怀才幸闻。
默默不名千载善，悠悠同种续遗芬。
深衷欲寄后来者，不寐推窗候大昕。

小游药山镇

身回农友复淳光，不尽千年多善良。
窗绕菊情先世德，风传桂气老家香。
落花诗语同心解，流水石声回味长。
最是暮霞红艳处，赊来片片染衷肠。

与吟朋论阴德

平淡余生似可能,清心不语道升恒。
素风坚在能相照,阴德自成嫌赞称。
早厌喧虫无意聒,甚怜残菊故香凝。
深秋夕日犹柔软,欲寄此辉赠咏朋。

踏 涛

盛时何处不恢宏,秋下沅江水碧泓。
旷野得风云直上,孤峰向日塔高擎。
痴杯未止蓬蒿思,故意早将肝胆呈。
三盏壮歌踏涛去,飘飘万里任予行。

寒露前两日踏歌

拂晓踏歌去,江边任我行。
解凉自今日,去热竟终成。
浪沫鱼吹乐,洲沙雁语轻。
红霞还未褪,高木更相争。
藤壁根身壮,梅林叶气清。
武陵寒露近,秋色一囊盛。

游白云山

自小生成偏爱山，每来忘返做童顽。
苍恋独看知仁悟，香茗悠煎日月闲。
残照峰头欢鸟过，流溪声里老藤攀。
眼前风色黄昏近，游步还深不思还。

春 老

春老还多雨与风，物人今古似相通。
投闲花瘦目愁绿，相望月圆颜褪红。
戏语当知留梦下，笑容长守在心中。
应怜衰弱犹偏执，将烬零霞点点空。

独坐孤峰塔得

老来皆物外，随意度残生。
口下遮拦少，心中化气盈。
坐峰观鹤迹，望寺悟经声。
物影只为影，暖回花草荣。

杖 春

溪流扶杖随，春色甚怡怡。
梅影还相顾，蛙声如所期。
白云三两朵，红杏万千枝。
哪一非为梦，吟中未乏痴。

送友人

春色湖湘好，送君花未残。
虫鸣千古愧，蛙噪一时欢。
过眼鬓毛白，牵怀吟影单。
古今骚客苦，笔下塞忧端。

坐黄昏

难忘昔日好携朋，午照依栏初意腾。
思壮杖藜一挥就，心意字句九霄登。
傲寒梅骨风霜愧，胜画菊容诗酒能。
老迈如今皆似梦，黄昏指点景如恒。

戏说学写诗词

正是十五二十时，初从毛体习诗词。
火烧残卷烟千点，雪锁初春梅几枝。
一字两联朝夕读，四声五韵往还思。
入道虽难基础润，层楼更上力难支。

为鹅声惊醒后作

鹅声惊晓雾，霞照涌蓬门。
扶杖田畴绿，抖衣香气温。
三闾方别渚，五柳正回村。
梦望时光倒，一盅酬夕昏。

吾 见

思定风波知止禁，书窗染俗乱诗心。
国华文统坤中宝，《论语》《离骚》天上音。
一字一章皆不宜，千年万载且难侵。
羞将深邃为链锁，李杜笔端任泼淋。

回常饮作归琼后寄刘君

离别千秋泪,镜圆痕在心。
此逢堪足惜,难得有知音。
酒下宜谈笑,情中好诵吟。
月香杯又满,岂可负当今。

心不死

丈夫从不惜头颅,热血一腔为国留。
周室未嫌太公老,挥竿即可缚凶酋。

赠 友

尔乃湘西使,君为常德男。
无缘山水隔,尚喜咏觞涵。
友贵投情趣,日红飞彩昙。
春来好时令,莫笑石顽贪。

枯树吟

晨起高吟枯树歌,枝萎皮坼创痕多。
世尘怀旧寻凰迹,蜂蝶伤离满蚁窝。
遗魄知空愁断绝,故魂摇绿悔尚多。
寂寞梦中心未死,怕看新柳起婆娑。

回老家偶吟并寄好友

独坐楼台花草菲,老家虽旧更如归。
目中无物野情盛,步下由心尘事微。
细雨时来又时止,远烟如绕更如飞。
清歌在耳何须唱,难有哀琴奏一徽。

自　戏

皓色一囊醪一壶,高歌出户似狂愚。
碧溪随杖情难已,更向山中寻野夫。

笑　闲

不弃杖枯山水邻，从容户闭老闲人。
逸心当是缘中得，俗事非关物外亲。
一树梅花寄长梦，三间楼舍伴修身。
眼前红落随缘里，梦下严寒早近春。

闲家偶忆

又是岁阴愚且狂，苦辣酸甜诗一章。
连日风高锁饶野，五更鸡唱报深霜。
武陵冬月渐看冷，澧水木兰尤觉香。
抱梦火炉老诗叟，忆追年少美时光。

海南风色随笔

一

风物琼州奇又奇，几多殊景悄然随。
百年榕碧犹相笑，三叶梅红如所期。
无事游云绕峰顶，有心牙月挂椰枝。
鹿龟美酒忘情酌，养暖残生乐海涯。

二

人老何因情甚丰，殊欢总在出奇中。
喧波岩燕怀情暖，信步沙滩气乐融。
海色频随云意变，鸥声正与老心通。
远村初霁月光里，一树木棉分外红。

三

海南风物好，水墨泼山青。
浪向滩边鹭，云飞礁上亭。
杖扶三岛梦，夜叹一囊萤。
晨暝凭窗望，钓翁酣草腥。

四

江南春色海南存，十月花红百草茵。
梦里清风心自养，眼前霁景面全真。
江边随步影终在，楼里闲居情未泯。
大小河街陈旧事，还留回味梦中亲。

五

微风江畔去，步下甚逍遥。
露带月光润，云携海景娇。
晴洲飞鹭立，远渚野茅摇。
白絮三三两，时围孤塔飘。

六

今日闲尤得孔偕,自欢棋局自欢牌。
玉虚半榻风尘净,龟酒三杯块垒排。
杖上椰风助吟兴,山中野气洗清怀。
有朋能至良禽乐,碧水青山无一乖。

七

半身野气向蹲鸢,放思情怀未去缠。
根壮椰林风雨怯,鸥飞云海浪涛怜。
沙滩多是他乡客,灯火偏宜不夜天。
月下琼光吾甚爱,奈何乡意自牵连。

八

当下海南宜养生,温和山水气漓淋。
唯愁岛屿怀情重,独步江堤故思沉。
樟木南移根太浅,归鸿北去爱犹深。
木棉难解离人意,泼眼婵娟还每临。

九

胜地重来景倍嘉,养生能此寿能赊。
看花柔绽羊蹄甲,向日轻摇狐尾椰。
云寄闲情头倚枕,时乘幽兴步当车。
一空尘染无秦楚,海曙同心向鹤沙。

十

风过山川败叶沉,莺声难送大山深。
羊蹄甲下思兄弟,蝶翅香中品昔今。
痛定之时人半老,兴高有日酒倾斟。
秋阳正好雁飞过,世上真情远胜金。

初至海口,俩孙儿水土不服,高烧三天方愈。老夫先忧后喜,情极而吟

万里乘风南海去,牵孙携酒乐无涯。
殊方水土侵来客,急病祺柯求得医。
一去高烧稚情复,同欢浅酌老心怡。
上苍应佑翁童弱,更愿普天能共嬉。

不 奈

溪水清清山气和,初冬暖意惜残荷。
宁嫌夏景换冬景,应怪雨波催雪波。
沙白渺茫千古梦,菊红潇洒半边坡。
从来代谢难依意,不奈老夫还咏哦。

海口写怀

一

物性通灵心不移,几声笑谈对轻欺。
青灯长伴寒中友,明月还怜荷下池。
幽梦已空湖海渡,华年远逝雪霜知。
眼花情滞何如意,还写梅花第一枝。

二

还难服老貌昂扬,风细露甘秋草长。
养拙有怀虫度曲,孤飞不得雁归行。
心宁细悟闲云语,意善应怜落叶香。
不厌黄昏扶杖醉,悠然洲野卧牛羊。

十月十五夜乘机至海口

飞机降落四更后,暖面风甜疲倦休。
弹起逸情诗兴涌,纵横高气壮怀浮。
还难服老无削弱,犹敢登峰弥警遒。
暂避严寒浩然养,宜居琼岛助清修。

辛丑十月十六有思

老身犹厌俗人怜,吾素吾行不计年。
饱享椰风琼岛养,思听湘雨洞庭传。
梦中惊见孙娘笑,醉里恨无卢妇妍。
留得闲生立湖海,深忘岁月断推迁。

十月十七海边游

海南冬下尚炘炘,自得悠容远俗纷。
礁石鸥鸣燕投影,沙滩浪静水飞纹。
孤霞教得一身胆,立岸思成千古文。
泳衣犹合瘦诗骨,忽想乘风还踏云。

小雪前夜信步农信大院

冬夜海南虫语喧,风和月白梦思天。
窗间草径椰林出,院内溪河大海连。
吹沫红鱼情未已,入吟白发兴翩然。
忽闻鸡唱三更后,酽念奈何唯自怜。

闲居海口赠经平老友

何时琼岛不逢春,烟外青山水墨新。
海浪追鸥入天际,椰风破雾见云滨。
蕉亭酒好邀明月,莺语气清忆故人。
醉里三更已忘我,飘飘似做九垓巡。

夜听噪蛙发凡

夜暖何时少噪蛙,懒分真假梦中花。
雾开晴意依亭畔,云卷吾心到海涯。
诗眼寻常独观月,杖身应可化恒沙。
相依万物归情种,不别仙凡总有家。

相期并寄挚友

枯杖似宁心未宁,彩云翻涌入遗形。
逸情隔海思兰草,酽念寄云回洞庭。
独步桥头幽木古,相期月下小溪青。
有情当比无情好,未负梦空回妙龄。

山中独酌

俗意俗行何古今,无闻两耳任浮沉。
人言细算还喷泪,鸟语传情甚解心。
去雁愁离新柳发,初花笑对野醪斟。
余怀似可随风迈,如醉如醒思素琴。

赠海南罗友

贫贱难逃梦一场,看开万事任昂藏。
野花寻句当年兴,村酒盈杯千载香。
世上真情云内屋,山中妙指月边塘。
天涯寄我归来意,还候清歌赏激扬。

山中乐

一

山中归去逸容昭,清净醉身尘闷消。
叶卧道中犹散逸,虫鸣月下甚逍遥。
游云几朵茶香引,流水一溪树影摇。
有趣邻翁隔篱唱,意呼闲野共山瓢。

二

重阳过后景偏幽，不改闲云杯上浮。
风下柳条还自舞，波中水鸟亦双游。
故槎非惜溪声贮，残菊犹将香气留。
最是野塘鱼更野，趁欢吹沫钓竿头。

虫 鸣

虫鸣萎草下，叶落柳条疏。
梦破镜中面，兴高冬下图。
虚中还有实，静里又如无。
举目游云外，孑然闻卉呼。

酒乡常德

雀婆故里能无饮，三盏浇情诗兴开。
意暖骚章生日月，心清老朽避尘埃。
沅江千里穿城去，柳叶一湖携酒来。
美妙武陵德山里，熏风长拂善卷台。

独坐晨光

独坐晨光夜雨停,阳台有思入青冥。
雪峰隔岸连湘浦,沅水穿城入洞庭。
大小河街云物古,微茫枉渚芷兰馨。
欢愁今古如无改,不化糊涂何日醒。

杏花雨时作

雨多郊野少尘埃,百物温温喜满腮。
黄叶飘零青叶盛,寒花凋尽暖花开。
雁飞万里传情远,虹驾千桥送福来。
春夏武陵殊气象,月光如练净尘怀。

自　笑

秋热秋凉是一天,午时炎气甚熬煎。
灯笼栾树如增色,夹竹桃花更自妍。
枯杖高吟愁垒淡,渔舟小酌逸情添。
乾坤不测寻常事,草木犹知人未然。

寄北京好友王君

欲浇愁垒向才卿,微信相传甚挂萦。
逸性是非抛物外,小诗筋骨自天生。
健忘尘里为闲福,长住心中乃至情。
今夜屈亭孤月下,遥看北斗更思兄。

老家感吟三首

一

圣贤难改世尘根,久在老家归克敦。
得失无牵烟浪地,逍遥自在洞庭村。
闲云不作风和雨,流水宁封迹与痕。
自古江湖久留少,岂能移我故乡魂。

二

故土牵萦非一身,归来倍感旧云亲。
屋边花木皆相识,房内诗书甚自珍。
野树望中红雨乱,温塘荫下碧荷邻。
还怜三月千香暖,堂燕飞飞欢语频。

三

有负乡恩回报艰,衰身独坐愧情缠。
一声长叹短蓑起,孤影羞为高枕眠。
风厉花间愁照目,兴浓杯下忆凭肩。
露滋败叶徒为尔,朽木空空空自怜。

秋日武陵寄远友

花艳四时生短长,武陵九月赞霜芳。
昼静僻楼苍发白,秋深大野细风凉。
还看衰柳临江舞,更爱金英漫地黄。
不舍余年苦吟叟,正将诗浸桂花香。

中秋与友人酬唱

节前先约友心诚,有酒有诗酬老庚。
步下高吟醉枫色,江边静坐远尘缨。
肥鱼起兴还吹浪,小鸟含欢不止鸣。
相伴今宵非尔汝,千秋一月国人情。

同乐郊野

故友相逢不用猜，携壶郊野甚悠哉。
虽无燕语飞离去，但有菊香飘过来。
高韵好怀怜碧水，清风细雨净翔埃。
暮霞犹喜初晴日，道道红光落饮杯。

豪　兴

江林露冷影萧萧，未失豪心世意超。
旭日令人欢计振，晨风将我闷愁浇。
秋肥健鸟冲林出，霜瘦枯枝任叶凋。
得意之身高处眺，五云盈目壮穹霄。

赏菊屈亭忽一落叶从外飘来即吟

屈亭有约鸟归前，秋色养心为菊筵。
夕日万山皆眼下，微风一叶落杯边。
不知君意为何意，但信余年非昔年。
诗兴忽来离座起，快情豪句自成篇。

偶　成

落叶纷纷随步从，扶藜动思甚悠溶。
心能无我直声古，犬不相争怜意浓。
黄菊白家皆往事，白云生处造予宗。
来人负重当争气，襟度恢厚世业丰。

与澧县友人共度重阳

几个白头酣老县，家乡情结骨筋怜。
豆红露白重阳日，风爽天高九月天。
兰洁楚荆当亘古，稻香沅澧八千年。
来游此地实难别，不愧祖先当续传。

窗前独坐

独坐窗前心甚明，半因杯好半因情。
老身牢落怡然使，一笑孤高有限生。
大写风云犹浩荡，自浇愁垒向寒晶。
诗仙豪句咸阳见，安枕乾坤何事萦。

登　高

长居嚣市甚嫌栖，今作登高壶自提。
野旷回看怜日白，高峰远望与霞齐。
粼粼江水风初起，幻幻山烟鸟入迷。
老屋田肥淳俗在，肩挑清气欲归犁。

大山游

几日秋风后，林疏枯叶多。
莺声还似故，蝶乐问缘何。
清澈深溪水，悠然野叟歌。
游人从未少，谁笑觅鸣梭。

寄友君梅菊

红尘攘攘最崇君，立性从绳避俗氛。
栖凤碧梧当自秀，翔霞白鹤总难群。
人生主宰全由己，立志文章当在勤。
三集诗词见心血，丹情灼灼叹浮云。

醉武陵

盛时倍感善卷亲,三月桃源万里邻。
二酉幽歌多漫叟,沅江清影半仙人。
沿山竹色糊涂梦,一盏桃情逸气身。
天下风光皆可爱,年年还醉武陵春。

忆诵旧作后

我诗皆我意,每诵泪涔涔。
气直愁无限,情诚自不禁。
行行存物色,字字见吾心。
慧眼如能睁,宁嫌抱冷襟。

点　检

寒楼独坐意摧藏,寂寂冥冥参十方。
身外还因三乐愧,灯前非为一私忙。
飞翻红鹄驾风力,突破厚云生日光。
候燕归来满檐暖,春回天地老枝昂。

品菊归来

年高抱病解卑微,大野登看扫闷围。
萎蔓临风虫自语,残阳渡水鸟回飞。
秋深高树煎红叶,野起寒霜逼紫薇。
唯有黄花尚知我,助吟月下引闲机。

初春示好友

含笑闲云好意陈,随风来去步巡巡。
连峰岚绕早知暖,万木流青正是春。
花暖郊原宜踏翠,鸟鸣林野共吟新。
年华大好莫言老,共筑盛时留后人。

答友问诗语

诗崇李杜杂千家,坐雾还寻一树花。
万物芸芸歌不尽,深灰厚厚日犹加。
所愁无力空愁久,感梦衷情对梦嗟。
亦幻亦真谁解得,惭无利剑去周遮。

重 阳

一

重阳节里意重重，往事如流挤满胸。
昔厌临川还叹逝，今朝步径枉知惷。
难成极目雾烟积，已误登高秋气慵。
云锁红阳何意饮，黄花共戚啸孤峰。

二

夜下重阳细雨飞，登高不得意何依。
无言残卷沾巾忆，独坐危楼折屐违。
百载人生弹指去，一泓泉水洗心归。
门铃声处谁来叩，诗友推壶欢我闱。

攀 顶

小花虫语碧溪边，山道弯弯入岫巅。
杖履深哀脚无力，云霞远笑目含怜。
机心不有枯藤壮，野性长持老石坚。
大汗淋漓临顶坐，犹酣月影共杯延。

答好友

岂求回报付劳躬,只向知音话曲衷。
明月云遮双目里,彤霞面对寸心红。
疫情虽有愁疑自,英气还怀力不同。
世事安能随你我,既来尘内本非空。

午读忽感

连连阴雾罩楼观,云积天空身倍单。
江冷冬鳞随水瘦,霜深咏笔共梅寒。
知心留鸟鸣窗树,识面近山过竹冠。
几本旧书宁厌读,翻来覆去步蹩姗。

寒露后第三日

前日薄衣今日棉,冷潮北至不能拦。
早成冬色田园懒,识透尘寰道路宽。
霜压墙藤鸟歌哭,风吹木槿蝶伤残。
有情灵物含欣戚,只是难知有暑寒。

山中步思

僻山扶杖冢堆堆,细悟高尘何事哀。
江上风雨千顷浪,世间霜雪一枝梅。
只将空对沉心底,苦乏回看随兴来。
万物都当有休止,岂疑日出白云开。

为客桃花源

武陵风色露桃名,为客近周心绪平。
元气长存云外咏,故怀难已笔端耕。
一竿方竹一竿节,千载桃源千载情。
秦世物人早非昨,渔溪曲曲水清清。

冷愁并寄微信友人

冷气逼人欺老襟,相传微信动歌吟。
为凌衰草时将没,来袭寒流日渐深。
老病暮年犹屈指,秋风落叶更伤心。
厚云难散积霜雨,枯杖闷挥敲寂岑。

忆故时梅园

故土梅香固，菜蔬犹郁葱。
坐墩敲岁月，向日问尘风。
移梦情无异，幻姿影甚同。
老来多念旧，自闷白头翁。

赠小罗

小罗情谊重，招饮见其真。
酒煮他年梦，羹调一笑身。
江湖红日照，沅芷故人亲。
不失窈窕淑，回眉永为珍。

故人故怀

故人故怀里，每忆倍生亲。
杖策江边路，诗吟梅下春。
踏霜甘寂寞，埋首克艰辛。
四季环环接，旧情日日新。

江畔赏云

不有五车胸未浇，看云江畔共飘飘。
浮名早厌应全断，好字犹难任择挑。
灵感禽鱼情自美，化裁花木景偏饶。
爱诗枯杖愁中乐，梦得佳联衰气骄。

八 月

八月风恬万水湛，逍遥能得足欢忱。
夕阳光下红薇伴，小酒杯中黄菊吟。
无限江上无限美，有情年岁有情深。
黄昏秋野丰饶甚，独坐溪波一片金。

辛丑九月十三晨

心开今日为初晴，鸟雀群群载喜声。
日隔薄云虽不见，病身仍暖得温情。

生日前述

世事残留好意寻,独钟哦诵懒敲针。
露生沃野滋千物,日出东方暖万心。
听竹板桥所思切,爱菊元亮逸情深。
阵风吹远情同远,不厌玉钩浮碧沉。

辛丑生日

一碗面条数十年,风风雨雨等闲看。
犹怜灯火伴书照,不乏桂香从酒餐。
义厚朋簪心落落,情深骨肉爱攒攒。
人生能此何求有,楚俗相承多种兰。

字 愁

字愁总难断,非是老身闲。
尘事犹相扰,世缘未净关。
清樽沉夜月,吟笔落春山。
不得几如意,飘然云水间。

朋友笑谈中即吟

弹指之间皆是宾,风恬陋室共朋亲。
闲云晴日宜延饮,良木幽溪好比邻。
古义常存一生守,芳兰不朽百年新。
斜阳西挂半江赤,养老余年更养真。

疏　顽

日甚疏顽云水间,性情生定似难删。
如无入耳真堪与,偶有违心莫我关。
月夜归来酌杯晚,春风踏去品花闲。
友人能至添新乐,执手相看笑问颜。

深秋武陵

可人秋色武陵看,极目沅江碧接天。
向午风微半菱草,初晴雾薄老枫烟。
甚明云色沉林下,起劲虫声来耳边。
莫道霜深绿犹少,细花飞片惹人怜。

乡里初晴

久雨初晴秋气高，江林疏落过霜刀。
橘园不厌挂红果，山鸟初肥鸣冷条。
流水歌随溪道转，野云影逐夕阳逃。
挑得月光情满满，几户农家倾浊醪。

闲里坐看

固守安宁无事妨，不疑天地自行藏。
叶飞苍木落声杳，霞染闲云清气芳。
林舍舒心浮野色，山花满眼贮秋光。
东山忽挂上弦月，几缕素辉过柳墙。

做客渡口同学家

知友不嫌宾客来，苍颜亦爱笑容堆。
古亭幽鸟难孤立，山径闲云似作陪。
野色倒看丹桂院，秋光满照菊花杯。
相交能此其当乐，可见诚心有几回。

海边夜归

多动多思多静听，琼州冬下益长龄。
轻风丘野见天爱，夕照远山迷物形。
鸟渡碧峰将自好，月摇沧海似难醒。
沙滩独坐三更返，感慨吟哦向绿醽。

与友人触景闲吟

九月醉枫情不禁，红尘风色枉贪今。
半江白月千年梦，一点航帆万里心。
梅径清光留客坐，屈亭孤影共谁吟。
霜寒午夜忧愁结，残菊将凋哪胜侵。

异　想

桃源风色隐秦人，只是听闻迷幻尘。
不舍乡园敢当石，频临沅渚武陵滨。
可心芒履最相惜，远俗寒楼无一珍。
异想洞天江海处，若能寻得好安邻。

得友人赠诗

已近冬寒衰迈愁,醉将佳句九垓邮。
韵中忠义横千古,棋下笑谈高一筹。
笔底风云贪意气,灯边湖海任舟流。
黄花不弃残香在,情意深深窗外浮。

读诗友诗后作

诗能悦目感君吟,冥渺亦知怀我深。
孤影有期向清世,俗氛未净折希音。
栽兰故宅宜传后,梦蝶清溪好养心。
欲断尘缘不由意,闭关有日未全禁。

随遇而安两首

一

天病难逢寒暑均,夕阳热照白头人。
小桥雁过传情挚,高树鸟喧报意伸。
莫道黄花已凋尽,不穷清气益修真。
四时变换闲中看,只是书斋物外身。

二

可遇人间不可求，身归何处岂心由。
云霄义厚随声往，江海情深任意浮。
霞色千重唤魂梦，墨香一缕续春秋。
风霜未断红尘下，鸟踏高松不见愁。

雨下重阳

重阳之日雨潇潇，蓑笠江边思望山。
吾道不忘今古接，中庸难守伪真间。
尚愁股掌风云乱，多病身心岁月艰。
夕拾朝花情自在，独怜黄英正阑珊。

沅江初春

山川萌动鸟低回，风冷林梢云色灰。
两鬓吟痕挂江浦，一怀心事系帆桅。
关情子夜洲头雁，翘首初春午后雷。
杨柳泛青莺早到，幽啼南谷谒残梅。

烟　云

烟云回首处，老朽正伤悲。
年少忧尘早，于今问俗迟。
山中存骨气，笔下是论思。
世目多流白，还能一笑之。

秋　见

秋声妙哢夜心宽，露湿墙藤暗里欢。
燕子留情朝夕候，菊花牵挂蝶蜂寒。
枯萍浪卷流中舞，衰草风吹琴下弹。
一抹余霞送归鸟，含光倦翅拍飞丹。

深　秋

闲意溪山草木窥，秋深天地物如知。
橘红落日丘容熟，虫唱金风柳色衰。
田野稻黄飞喜气，梅林叶谢露贞姿。
杖桃乡景白云近，双目在欢心更滋。

晨 怀

雾敛晨光云直追，常青寒草醉离离。
微风山塔欢歌起，晓日江林野果垂。
如醉身飞灰鹊影，自愁花谢紫薇枝。
蝶蜂纷至还叹息，事不由心能怪谁。

信步夜下

夜卞沅江灯影多，伴吾乘月赏渔歌。
几桥横浪鱼跳水，一诵踏云雁笑过。
常见真情遭屈蠖，由来妙指久蹉跎。
俗尘于我有关否，笑向井前崔酒婆。

偶 书

万里生衰盛，秋风一叶沉。
山声宣意气，云影落心襟。
未舍烟霞思，长贪日月吟。
仍酣文字梦，幸有几知音。

谁　怜

谁怜老朽满头霜，偃蹇平生性自刚。
吟爱梅花春不等，醉冲霄汉气尤强。
情从颠骨共泉涌，余好深怀接岫苍。
世事无关皆一笑，骨根牢守做云藏。

一　笑

喜在杖头鸟竞飞，云岚不舍出山围。
元无眼力从吾看，空有诗怀与俗违。
自固梅情雪中咏，谁传桂馥月同依。
看开俗世清修日，一笑浮生何去归。

好　饮

好饮古今非为奇，雀婆多是井前诗。
凤凰毛贵身同羡，鹦鹉舌娇吾所嗤。
一世嚼来心是幻，百年吟得鬓如丝。
友朋微信相催急，有醉人生还有期。

偶　感

为人岂可去真诚，不负良心天下行。
往事回看怜鲍管，遗踪缕析暂枯荣。
草根常忆阳光暖，梅树深知雪水情。
难测俗尘糊里对，闲云远至笑盈盈。

九月二十五与诸君聚

笑谈身外闷全抛，风浪过来未架桥。
徒有浮槎三岛渺，唯抔圆月九垓飘。
诚知今夜非因酒，好在有怀能忆箫。
白首半回皆了了，由心他日再相招。

九月二十午应魏君招游山庄途中

车行山百座，心醉白茶花。
悟得人能拙，应知情不赊。
半空云欲断，低屋雾犹遮。
知友早相盼，几回怜渡沙。

有 悟

孤峰霜满地,策杖赏寒花。
云自低空近,山相夕照斜。
鸟鸣迟暮友,虫唱寂寥家。
禅月六根净,有无皆量沙。

乡 夜

无论幼长俱人生,乐在可心犹可情。
几日金风同酒酌,今宵银月共心明。
溪光一道船灯闪,橘熟层丘香气盈。
大好年华只开始,休嗔白发入耕氓。

寄少年好友

岂有知心不挂萦,嘴边休道老寒碜。
风恬山翠玉樽问,露暖春红热泪盈。
最是相思孤月隐,不胜回首共怀倾。
如今已有七千日,梦下可怜还有卿。

与诗友聚后

世事几多难问因,知音一见起欢声。
放怀谈笑杯中字,刻骨挂牵云外情。
诗兴尤浓笔无老,壮心长在气能横。
今为久别重逢喜,只以此诗赠巨卿。

无 题

入骨相思岂能净,一轮孤月倚寒云。
油茶争发思呼友,夜雁独鸣愁落群。
即今搔首还怜昔,犹是负心难恨君。
岚绕峰前情自抱,忆催清泪坐书芸。

深秋做客诗友徐家

几本残书度闲暇,凭情任意访诗家。
弟兄深抱高吟里,山水轻敲到海涯。
物外犹存来世梦,杯中更品四时花。
与君同聚吾心足,何必钓流邀子牙。

春入大山

新岁岂容残雪痕，气萌山水万灵奔。
莺催晓日欢窥枕，柳舞春风欲叩门。
花底蜜蜂先醉影，草尖珠露早滋根。
枝头小鸟鸣情软，疑是桃溪秦语温。

临冬寄老友陈君

冬临故友渐稀疏，夺目萧条步不趋。
孤树寒蝉心未了，一桥飞叶杖愁扶。
惊鱼出水闻声见，倦鸟归巢望影呼。
几许慈情易哀戚，还忧候雁雨霜途。

临景思寄刘君

无奈娇寒不等情，乱心风色最伤睛。
临冬欲寄残花语，入暮愁闻落叶声。
鸟唱江林因果熟，鱼吹秋水喜人惊。
怀君正返夕阳下，思摘云霞做酒羹。

吐 怀

世事难谙几捆麻，自怜贤哲向音华。
小舟流水一溪梦，大野春风千树花。
逸趣上云探自在，雅怀乘月蹈幽遐。
至今能此吟肠热，守道唯将诗格爬。

心 语

稀龄不易尚思斟，冬下武陵风雪侵。
岁暮乾坤生意淡，攀峰景物已难临。
水紫霞里三秋梦，云隐月边千古心。
伏案明灯情醉共，一挥而就写寒襟。

九月二十八晚赴津探洪涛君

我本洞庭客，一哦来澧津。
笑谈同事友，兰芷药山民。
闻啸高峰顶，贪餐野水鳞。
碧流浮月远，满载故乡亲。

九月二十九与刘罗散步于江边

江边夜下步刘罗,话语随心未厌多。
弯月尤明云出谷,微风似醉蝎攀萝。
有情相悦留莺妒,重义共怜秋水歌。
会意同听早醒鸟,星光点点落烟波。

柳堤写思

独步柳堤情自怡,一灯日月千首诗。
华年可再字中找,往事无孤物外思。
梅树叶凋清蕾发,芷园风近暗香随。
逸心常固真诚在,天地昭然从不疑。

捻须有感寄诗友刘兄

烟云懒问隔嚣纷,君子远私时自欣。
青鸟可随双鬓梦,紫霞能卧百杯醺。
兴浓日月常无倦,情挂溪山早不分。
字句何时从笔愿,真诚烁烁见骸筋。

有感友人论诗

雾下甚难飞逸禽,灰空云冷隐庸憎。
村墟老树愁何在,芦荻枯洲寒不禁。
块垒一浇清气吐,风潮为写苦哦深。
来人莫笑迂夫子,笔下跫然听足音。

倚 栏

片云无见伴栏杆,凋尽花园早不看。
夜淡楼台灯自亮,秋深山水鸟犹寒。
半飘肥影江星倦,一把冷香霜菊残。
物星炎凉自如此,诗情翻卷紫霄端。

友 聚

风雨拍窗亦快哉,故朋相聚酒酣怀。
梦生如在五云上,谈笑似从三岛来。
世路艰难少知义,人间仓促泛疑猜。
纯臣石碏家风固,城府吾嫌远隔开。

初春乡行

古今多是惺惺惺，闲对白云倾酒醽。
沅澧年光泛兰影，武陵春色自天庭。
楚魂朝发歌苍水，秦洞梦回吟锦屏。
杖履犹酣风更暖，醉心福地溢遗馨。

信步途中

几多难解是尘樊，大野栖幽远棘藩。
深觉残花乘兴落，独怜败叶任飘翻。
疏山坐对岚云隐，细雨还多鸟语喧。
浮想万千今昔景，诗情顿起且鲜繁。

自 然

未穷逸思自翩翩，山水荣枯无不然。
万物其分霄壤意，四时之变善慈缘。
风寒瓦屋镜中叟，情炽枫林霜下天。
苍野怀中见平等，相依草木一同怜。

寄海南老友

秋寒枫木美成林,往事眼前情感深。
萍渚甚知渔父意,竹林还隐野人心。
武陵千山存怀抱,桃水一溪连古今。
非实非虚秦洞里,催予涕泪菊花吟。

辛丑寒衣节

千年愁思一寒衣,土路从来未少违。
巧遇闲耆谈笑对,难为冷蝶卷舒飞。
扪萝已绝愁温事,载酒多蒙福寿辉。
只是来人当记取,莫贪富足莫忘饥。

偶　语

美的忧愁字字真,向天捧读感情深。
幽兰修洁百年养,陈酒通灵一口斟。
冬柳忘身梅影涩,残书笑我竹香侵。
早将衰骨寄云水,绝做效颦置腹吟。

有怀余年

一

岁月难留人易老,只将残爱存书稿。
河山妙矣有心怜,雨露真哉无价宝。
剩日从吟直语吟,惬心如好深杯好。
诗家筋骨壮千年,花落花开何晚早。

二

山水能吟山水狂,老心难老意昂昂。
生风双履野桥渡,印月孤潭白芷芳。
挚友在怀时念想,投竿钓浪故情藏。
小诗吟得人颠倒,自觉杯中有锦章。

老心野

今日行歌老心野,黄花乘月喜夷瘳。
百年回首难无束,一旦成名何自由。
闲步岂能轻放弃,高吟窃乐可淹留。
青山碧水余生友,潇洒不思年月遒。

觉 能

觉能孤立觉无侵,真伪人间自解深。
倦面立抛红树艳,情怀笑抱碧山斟。
时呼挚友传微信,自惜余生卧暖衾。
取次论言不关我,句中缝下觅真心。

乡居答友人问

知音尔汝已多时,予有何求应早知。
露润苗肥晴理秽,朝看日出迟听鹂。
清襟任把红云抱,逸兴犹将白鹤骑。
尘俗伤贤数千载,一抛同可得真期。

十月初二夜狂风暴雨,夜不能寐

老心常是乱糟糟,愤俗呼鹰百虑焦。
敲句自怜黄菊老,举杯空叹白头摇。
手中尘味江湖洗,梦下诗情渺漠飘。
半夜狂风思欲趁,一除愁垒上云霄。

十月初四寒露阳台

东方日出彩云烧,半夜梦愁犹自消。
雾戴轻纱江面舞,鱼追云影浪中跳。
槿园花艳两三朵,柳岸枝寒千万条。
吾共小孙楼上品,更闻鸟语乐偏饶。

答友人

书读古今难自容,乾坤逼仄醉中恭。
诗朋互赏元刘白,闲叟衷情梅竹松。
敢笑冰霜心自傲,真堪造化意殊浓。
物人筋骨相通久,千载推敲几老蛩。

若 为

若为壶渡见其真,率性相交近一生。
空月有缘怜坐影,夜风如解送吟声。
凭栏峰远寒虫寂,回首楼高院树明。
老酒正香欲呼友,最真还是饮中情。

大风狂雨后

大风狂雨卷尘来，一地鸟巢知劫灾。
散步清晨惊见此，凝眸苍野甚悲哉。
何因小物总多难，漫想浮生谁可裁。
出水青莲文字里，世尘难洗满身埃。

久居故地

久居唯故地，稚气漫阶台。
山野常留笑，林禽日挂怀。
有芳寒屋静，无锁老门开。
此地清风好，可扫利名埃。

西洞庭湖边散步

世故人情一指之，闲生自在出尘围。
霞熏木槿浮云过，杖对秋风落叶飞。
半笑会心何小饮，高词乘兴即披衣。
洞庭波涌甚宜踏，青鸟呼来三岛归。

山　中

山里气清宜洗心，自安犹适雅愔愔。
浇愁一笑行云过，品醉孤峰斜照沉。
相忆谈空暗惭愧，所思宽去不能禁。
欢秋远别情难淡，投石冰霜高起吟。

偶　成

不有权奇自好中，怜山惜水意难穷。
云边隐约下弦月，江上飘然无职翁。
戏有新吟医老病，闲寻故友叩精工。
纵欢今古五千载，未净私心何大公。

十月初七夜石门归来

几许闲愁诗可浇，山水行吟兴自饶。
袖内清风留子趁，杖头明月用心挑。
石门重到欢双鬓，故友相逢倾百瓢。
忆昔虽多云外憾，留痕不浅懒磨消。

瘦 骨

瘦骨一身知觉钝，老夫如断暑寒侵。
虚名感慨笑孤枕，往事消磨收薄衾。
清闲终日情思少，衰落之人俗气沉。
所爱钓竿留日月，豪怀只在句中寻。

好 字

好字难寻意不佳，黄昏独自出书斋。
道情仍固苍天意，俗事非关老病骸。
夏夜凉风点吟兴，峰头明月照清怀。
流星翘首闻惊喜，老燕迟回爱满阶。

吊王尔琢先烈故居

一

专程磨市拜英灵，一路盈衿草木馨。
望屋分明扬道气，登门仿佛见威形。
泪流先烈华年殁，心折前驱基石铭。
主席挽联神鬼恸，风凄万里过壶瓶。

二

先烈谁思功与名，非常时刻显忠诚。
丈夫宁为高官诱，壮志都因百姓争。
书寄爹娘儿子愧，梦亲妻女壤霄征。
献身真理一言诺，革命全胜死亦生。

三

井冈身死聚军心，尔琢高名扬古今。
此日哀君也哀俗，由来输志更输忱。
莺啼晚色愁残岁，人返夜灯欢一吟。
时下太平应共惜，百年新望比肩任。

凭吊石门等五县南乡工农暴动遗址

凭吊英雄气自昂，初冬一杖到南乡。
工农革命揭竿地，贫穷翻身传檄场。
高碑似见先驱影，苍野如言战火狂。
感物有灵同敬意，山山橘熟送芬芳。

风　缊

丈夫纯正见风缊，暗诵《离骚》意绪纷。
尽日山寒花自乐，初冬霜薄诗敲勤。
碧溪流去三千里，白鹭飞来又一群。
老朽情衷欲乘去，豪心复得驾高云。

郊　原

晨起郊原去，红霞身上披。
白云三两朵，黄橘万千枝。
喜气山峰冒，丰收岁月怡。
铃声惊学院，忽见玉鸥随。

读吉翁病中诗有感并寄赠

老迈皆遭老病磨，亘今同此亦如何。
去非高眼宽肠对，养正修心嗤鼻过。
莫叹人间知友少，指看囊里得诗多。
期君病愈阳舒日，听啸药山宜钓蓑。

闲　里

闲里甚闲何自夸，抱琴非奏逸翁家。
吟肠还热鱼跳浪，老脸尤欢苗露芽。
低啸斜阳唱归鸟，扶藜晓月赏新花。
孤峰独坐黄昏后，侧视肩头一抹霞。

难　虞

难虞尘世所思频，若想修真先养心。
茶品飞霞甚憎俗，兴高斜照共倾斟。
枝枝春风含欢舞，岁岁红灯引思深。
考问良知正月夜，落梅声里悟残音。

独　坐

一别喧嚣心可由，欢心岁日几丝愁。
难开老眼懒回顾，只与小诗相报投。
人唤晨霞白鸿出，船酣弦月碧溪流。
自寻生趣于山水，花鸟情衷时唱酬。

秋日乡下

武陵秋熟泛华荣,相约白云风色清。
黄橘枝头霞万点,丹枫杯里影千情。
幽塘日暖红鱼跃,兰渚沙香白鸟鸣。
早醉欢心不知返,倒头一卧到天明。

诗　愁

寒虫声里几多寒,策杖江边月影单。
长戚衰身不经老,自怜诗眼甚艰难。
冷光空对一声叹,星色也孤无力看。
回走忽闻惊鸟号,叶飞几片共风酸。

对　鸟

策杖朝霞山径去,鸟如知我早相亲。
异同还是溪林伴,先后皆为天地宾。
我醉飘飘欲随舞,尔鸣婉转亦争新。
自然之爱时时有,只是相怜无几人。

辛丑十月十三与曹君相聚

君庭楼里会曹君,清气浇心同所欣。
故意菊开香入盏,素怀松抱志骑云。
老头虽老情非老,真处尤真梦亦勤。
再约来年乡下去,江山万里坐春熏。

十月廿九夜回常思寄好友

无眠未信君能寐,卧对清江楼影斜。
思乱枕边憔悴甚,风寒窗外闷愁加。
情知待月堪难望,坐想乘云实太奢。
恍惚五更人入梦,银河不渡隐星槎。

冬月初一江边

兴起长沙超我量,清晨踏步载晴光。
寒愁小鸟鸣冬色,酒病闲翁唱晓阳。
红叶摇风野情放,白鱼跳跃逸心狂。
向来灵气欣胜地,招屈亭边思药方。

霜　深

霜深时下少茅踪，闲步江边暮色慵。
芦苇半洲愁旦夕，蓼花成片接秋冬。
荣枯各有常情在，气象争成老眼容。
浮想漫为神振奋，回身一跃上孤峰。

晨　吟

有吟晨起碎霞披，生性愚顽总是迟。
人怒人欢门早闭，蝶飞蝶止步安随。
尘中取次非关我，竹下留闲甘著诗。
大野无羁多妙景，应怜只在忆中追。

心　可

心可相通枉致辞，山川同醉乃予师。
晚晴摇笔尘先隔，妙景藏怀俗不知。
露洗芳菲雕饰去，风情日月素襟思。
生无做作真男子，不误闲情在此时。

盛世自闲

身闲盛世自逍遥，时似草玄为酒肴。
踏岸得吟情自得，寒江抛钓闷同抛。
笑看残雪融斜日，风遣冻云离暮梢。
不误月情何处去，携壶便向野人砧。

自　乐

闲暇难闲为苦吟，乐于其下近迷沉。
野杯吾笑野中得，诗味谁能诗外寻。
哦就复怜谈客少，兴高难望睡魔侵。
披衣欲作苏门啸，还向梅林月下砧。

江边独游

含霜败柳意慵慵，晨步诗墙首尾通。
雨过大江千里去，雾遮孤塔半空中。
难明世事何如此，自有天心不负忠。
寰宇澄清当在望，暮霞摘得共心红。

莫　怨

莫怨叶花生瘦肥，荣衰有日岂能违。
扶藜有悟残霞下，残步无言独鸟飞。
芳树含烟犹向静，远山凝目更知微。
深春气候空明处，几片游云不可靰。

向　晚

向晚出门去，心宽情意丰。
月弯江面静，山远寺钟空。
鸟醒两三语，枫惊双颊红。
老夫犹早醉，尽兴踏金风。

自　戏

是非皆诡谲，闭户奈予何。
心静幽情起，年高故事多。
残书寻旧影，落叶共新哦。
蝴蝶两三对，翻翻挂碧萝。

咏 梅

风骚自得甚怡然，含雪吞冰更丽妍。
自有衷情如火暖，回头一笑傲千年。

人 生

一

温饱能安亦自贤，当知世路壑难填。
诗吟废渡酬凡客，舟泊幽溪卧隐仙。
香润难消陈迹在，梦醒应断所思牵。
人生总是忧欢里，未了心痕私下缠。

二

尘嚣远别悟声音，自作多怜无古今。
三二游云犹照眼，一轮明月似通心。
蒙蒙远岫情意近，寂寂碧溪交往深。
性僻蒿莱卧高士，文章在腹藐千金。

心　事

旧事思抛又未抛，难分真伪入纷渚。
座中幽独知音品，枕上巫云与梦泡。
意共鸡声出窗外，心随月影落荷坳。
半醒半寐朝霞涌，鹊语传来疑戏啁。

倚　松

心事难清梦未醒，坐松犹自惜惺惺。
云飞万里谁思返，鸟坠半空何以停。
剩芷含香怀盛日，修篁淡定伴衰龄。
霞红如故行歌起，落落初心酒一瓶。

与洪君舟中吟

老去人生多是闲，叩舟寻向两颠顽。
今逢任尔嘲衰发，旧忆醉予生喜颜。
鹤向松林月轮近，路从江岸雁云还。
武陵佳酿知何处，勾背携壶唱德山。

思 友

老友别离三月整,还将欢笑放空斟。
苔生旧迹惊双目,花落伤怀戚一襟。
灯影半窗犹入望,月辉盈掬更牵心。
难逢元与难分共,回首泪看杨柳森。

与友人相聚和兴村饮作

宜居宜逛武陵城,酒美茶甘续玉温。
新意甚多而独特,古风犹在且高浑。
光摇渚柳相思岸,人拥河街和兴村。
酒趣渐添姿意起,一壶抛向白云根。

山中寻诗

芒履寻诗意甚虔,桃花带露晓风鲜。
老山深处任孤赏,好梦甜时如少年。
遥望溪蓬孤自泊,暂陪山月共相怜。
枯藜夕照情分往,得句归来霞一肩。

欲　向

欲向天公寄一笺，万灵非易我心怜。
孤吟众木清高甚，朽笔四时空寂然。
饮任浊清除落寞，趣生形象细磨研。
所哀梅叶秋冬死，只为寒花雪下妍。

冬月廿二散步诗墙梅园作

深冬莫问自能威，风骨傲然千树梅。
坐定夜寒宾去远，笑看光暖鸟飞来。
孤妍虽短留情久，千古依然凌雪开。
最是初晴明月下，暗香随处入吟怀。

冬　雪

深冬自有深冬景，冰野坐看中意堆。
一树雪花妍一树，三杯酒兴咏三杯。
敲成好句身犹喜，情到浓时步似推。
半醒归来思故友，庭前月下独徘徊。

冬里屈亭

独坐屈亭云暗撩,车车笑望渡江桥。
无期偏傍无怀落,所虑常随所梦飘。
待月衷情心不晚,晨风散闷路无遥。
人间愁绪何曾止,夕去朝来夕复朝。

梦下棹歌

棹歌梦下老顽童,景色因心有异同。
摇影半江群鹤白,倾身孤杖晚霞红。
楚魂亭下语金菊,司马楼边笑赤枫。
不负秋冬交接日,三杯暖腹驾长风。

安　坐

安坐书中云懒侵,闭门能闭自惜惜。
还因梦事元非事,除却真心不是心。
细数故情回首笑,同倾昔意耸肩斟。
嫦娥未晓奔天后,赢得骚人难断吟。

秋　约

心含忧乐岂无吟，风色犹宜润旧文。
一树清风落斜影，两行归雁正凌云。
坐山多往翠微日，问酒难离黄菊君。
老弟能来欢趣再，琴弹芳芷月边熏。

白云吟

尘埃抖落笑追寻，歌向高情欢满襟。
黄菊风清醪盏盏，红枫露冷泪涔涔。
浊尘取次非关我，清望安闲别有心。
海上寻槎向三岛，顺风欢作白云吟。

千古高松

千古高松千古侵，何因有思做阳喑。
犹能和曲清风伴，不可折腰修竹吟。
雾下楚天空举目，灯前诗笔只由心。
几多尘媚伤情甚，一啸乘云赏谷音。

问 归

日淡风寒败叶飞，一溪清水出山围。
中间不乏骚人乐，深处犹存野客唏。
残雪藏幽小花暗，斜阳送晚古松依。
鸭塘高唱春消息，醉下芒鞋何处归。

题留园雅香

茅台比翼过三湘，巢筑留园做雅香。
四水棹歌高逸处，一杯能渡白云乡。

佳 怀

佳怀涌动到溪林，小憩钓矶舒素心。
初日欲为寒路助，古潭哪比所思深。
无情雪影还欺发，不语梅香早上衿。
雾下蒙蒙鸟难矗，山峰隐约自深沉。

忘　俗

云来云去自行藏，抱定山川俗事忘。
百岁空怜犹不悔，万流宁比所愁长。
寒霜柳影形无定，黑夜梅芬气自扬，
草木有知苦难表，适时山野是菲芳。

腊月老家

万流归海我归根，生养难忘父母恩。
欢乐自来年少梦，敦纯最恋故园村。
情重寒庐怜竹老，意回遗镜去尘昏。
还多旧物还多忆，独悯糊涂功利奔。

信步乡野笑作

农村几日所愁非，信步出门春欲归。
半亩园蔬人下酒，满林山果鸟催肥。
寒空云散情随杖，僵柳枝醒水滴衣。
闲是初晴斜照下，笑看梅雪暂相依。

山 寒

山里风横寒意深,老身无惧踏冰吟。
梅花幽谷暗香绕,雪水白云明思临。
满腹新情涌歌棹,一壶陈酒饮溪砧。
乡村几日除空乏,遍是诗材无须寻。

醉 春

农村农业予深爱,心醉田家喜气浮。
蝶恋黄昏断霞热,蛙鸣半夜碧溪流。
老牛渐觉春将尽,俗鸟不知人所愁。
笔涩干风句难觅,深惭弯月夜光投。

九月武陵

九月武陵宜度闲,白头枫影转团团。
喧嚣面对老心定,逸致中藏秋眼欢。
蝶绕蜂鸣黄菊艳,雁归云淡浊杯宽。
故人相聚多言旧,留得风光半醉看。

夜 梅

庆幸夜晴人浅醺,梅林月下意欣欣。
静看疏影怜情性,深吸幽香壮骨筋。
遣兴一枝传素望,忘归半夜是知闻。
老身深醉斯花爱,天晓梦中思驾云。

友人聚后归来途中

白发相逢甚得机,有欢尘事尽微微。
星槎渺渺孤吟苦,竹杖踆踆半醉归。
扑面颜愁怜叶落,扬眉兴起共云飞。
自知衰渐身无力,只向高桂做独依。

腊残自咏

爆竹宁怜旧,迎新皆自怡。
腊残人有梦,春近物如知。
燕叫两三户,柳绿万千枝。
世事难由己,莫为非分期。

候　春

饥腹频催寒下行，林边时见鸟成群。
诗书与日欢苍鬓，雨雪连天侵瘦筋。
叶声瑟瑟愁冰冻，帆影茫茫入雾云。
沉闷几多为自闷，笑颜强展候春熏。

散　怀

强把欢颜云上投，候春圆竹万竿修。
常怀大道聊依旧，一去牵羁便自由。
冻雨寒香犹半失，乘风逸兴已难收。
高歌吾思故吾在，未散尘烟危阁浮。

静　观

时不因人日日非，万灵宽待老无违。
清波钓浦寒竿立，细雨竹林鸣雀飞。
无动梅花尤自在，有期杨柳互相依。
路人双手袖中插，连日风寒寒渐微。

新春回乡

一

空手归来更体胖,忘形朽木可加餐。
同年人事疑中问,昔日风光梦下看。
照影知形思何限,痴情在骨自无残。
晨霞染透新村里,最爱鸡鸣鸭共欢。

二

宴请老家游子心,笑谈盈桌是乡声。
玉霜半鬓倍添趣,谷酒一杯全带情。
感叹多将市场问,求伸欲作打工行。
甚怜青壮能怀志,不误新功趁太平。

三

几日暂居终始情,活仙一个老愚生。
闲依夕照起新梦,醉与同龄呼小名。
无语淹留昏月石,不穷谈笑故人觥。
离乡难舍农家乐,多是牛欢与鸟鸣。

乡居独思

年渐衰迟皆自然，一呼犹见志无残。
云山独对愁深断，风雨细思色自欢。
影照溪流哀鬓白，霜侵枫叶共心丹。
堪惭老去有何用，只把豪情寄笔端。

与老同事回老家一游

一

忘形故地颠顽叟，新酒出缸涎水流。
芳野开怀逢雨过，芒鞋乘兴步春畴。
雁行童意云中幻，牛背儿歌骨子留。
年少调皮知事少，还疼慈爱竹鞭抽。

二

三更翻检千首诗，六十六年醪一卮。
停笔凭栏无赖甚，吐心回首可堪随。
论文灯桌非空瘦，缝纫机台仍笑痴。
命运茫茫迷不测，宽情捉弄故怀知。

福山小居

农家质朴我开怀,共舞对歌双洽该。
树果绕楼随兴摘,风光入盏任情裁。
琼花好客能甘老,暖色怜人难不才。
一醉梦中犹得意,玉壶欢趁是蓬莱。

午后初晴

莫道初晴我来早,蝶飞无语影摇摇。
彩虹一道西边挂,扶杖疑是三岛桥。

无 事

无事吟陈榻,悠哉门不惊。
江边烟雨细,窗外水云平。
花落远风近,溪幽流水清。
谁知此中意,蝶梦去尘萦。

山中友人

投趣偏多野夫友,情倾杯下感交深。
狂言自出醇风抚,豪气横生谲光沉。
自在青山千载寿,优游盛世万人心。
来年再约东篱下,同解无弦天外音。

偶　感

晨霞开夜幕,风细荡秋清。
叶落山颜瘦,云闲天色明。
小舟洞庭阔,吟楚汨江惊。
朽木虽无用,古今时挂萦。

小秦王

一

辗转长沙复返常,情浓和兴满清觞。
小楼挥手欢谈下,瞬目又为离别伤。

二

自古多情少自由,泪抛沅水共波流。
梅花不语心香印,月满今宵笑白头。

三

江上归来诗意浓,清醪正待出三冬。
一杯腹暖佳联见,韵律中华千古崇。

四

晨起红霞正叩窗,能抛俗事自轩昂。
柳堤无舞欢痕在,最爱梅花暗暗香。

五

肩比谪仙非自量,游山探月为诗狂。
吟哦数载空佳作,奥秘幽深唯浅尝。

画堂春·归田晚

何因一夜在云巅，梦中雾雨遮天。奈何空作海鸥翻，汗泪涟涟。野步晨霞独往，清溪倒影苍颜。败花就在眼前，恨晚归田。

浣溪沙

琼岛风狂落叶稀，个中缘故略知几。春熏常在草花肥。奇地方令奇秀出，郁陶当与郁苍依。留莺哢哢不思归。

千秋岁·约梅

不恋春风，孤梅自度。柳色流青弄嫋娜。檐前劳燕少寐，新泥啄毕跃。紫荆红，玉兰白，旧情薄。

窗下冻醪谁独酌，心结未祛何以乐。回顾茫然足轻濯。人间有无早扑朔，老夫衰也还知觉。更无求，独扶杖，沧洲约。

忆江南·宿黄竹包蜜村

休说醉,夕阳火龙红。黄竹半山金灿灿,画堂一桌气相通,倾醑为君雄。

人静后,月戏白头翁,栩栩乌雕千古事,犹言欲止小庭中,何故意无穷。

忆江南·丝难断

丝难断,兰芷旧尤馨。月下和风醑半盏。山中薰露鸟双鸣,不舍少年情。

忆江南·琼州好

琼州好,敦朴在山家。贤叟侃谈千古事,生黎酒醉四时花,策杖又西霞。

寒地客,日日卧滩沙,摘得红蕉生恍惚,饱餐椰汁忽咨嗟,还是爱鸣蛙。

望江东·伤老

花满梅枝一园雪,忧喜半,孤衾热。温棚红艳实难屑。独踽踽,寒风咽。

流云不料思难歇,几多事,非吾悦。半杯残酒对明月。自疏旷,烟霞耋。

浣溪沙·哀秦始皇

作福一时尤作威,子孙遭罪泣元魁,未知苦酒自亲酹。
杨柳知心长独倚,梧桐入望苦难回,此情谁解复徘徊。

浣溪沙·闲居有感

昔日莺鸣草木丰,今朝地冻百流封,湖湘二月又春风。
对酒芦洲新意泛,吐黄杨柳故情浓,人间最忆蜡梅红。

蝶恋花·海南寒流时作

几日寒流堪肆虐。草木怏怏，扁豆紫花落。唯有朱蕉红一角，梧桐树下生知觉。

如此自然何以说。老泪昏昏，寄语云相托。勿躁椰枝生约绰，清溪可钓情非昨。

破阵子·沅澧述怀

笑送清涛远去，不疑九肋归来。自古武陵蕴秀气，当下柳城多俊才，乐忧在故怀。

莫说春时苦短，百花依季而开。夏芷秋兰沅澧野，睡蝶狂蜂日月台，风烟一扇裁。

破阵子·步吴君韵

早已无心对镜，白头岂怪风霜。洒脱性情酣楚野，抖擞精神横沧浪，故怀未讵央。

但苦身衰时短，泪抛残菊篱旁。蕊发千秋长寄傲，生怕三更空送香，痴情入梦乡。

破阵子·赠津市周君

谁把尘埃抖尽,溪山难写风情。高第得心他肆意,薄俗伤怀予啸鸣,当为龙虎争。

只是孤身已老,放舟不任纵行。时忆小诗松木合,独抱无弦兰草馨,欲为秦洞耕。

喝火令·寄故友

一

见晚随生感,当疑隔世缘。一杯清酒入深澜。窗外翠筠惆怅,应把淡香传。

但恨君难解,忧愁是枉然。东篱还抱苦无弦。策杖西霞,岂独我孤寒,一意始终谁改,愿等尔千年。

二

坐候相违处,痴情总似前。思言又在恨言先。戚戚恨看霄汉,老泪自汍汍。

懒怪天无眼,登高草木颠。红花知意蝶飞穿。不信蒙蒙,默默岂无边,忽见芳薇依旧,暗里复牵牵。

三

挚意南窗下，黄花已半残。梅林飞叶正酣欢。谁解个中深意，灿烂雪下同怜。

自信不移缘，吾侪隔日看。知音终究会相联。老目清清，窃喜柳蹁跹，一树秋枫相伴，百鸟共开颜。

行香子·幽风下

幽风一夜绕窗边，助我醉成眠。相思万种皆空了，何须醒、尔汝熬煎。梦里千般萦绕，不堪最是当年。

晨光懵懂照阶前，扶起独凭栏。复伤酒菊霜深处，犹瞠目、泪满凋颜。尘世多为情苦，休休总是牵牵。

浣溪沙·当知

一

不可强横自作威，自然规律岂能违。幢幢影下万年碑。
花落花开皆次第，尘清尘浊也偎依。相看翠鸟共欢时。

二

杨柳初青旧燕归，钓竿闲叟影依依，江鸥相望暗中嘻。
难得一年心顺日，更逢六合气同时，槐荫陋室甚怡怡。

少年游·有所忆

昔时未解世人愁，有暇便闲游。琴棋书画，几曾离手，自美不胜收。

雪飞一夜山川白，溪冻水难流。衰柳苍苍，寒烟滚滚，霜上少年头。

临江仙·沅江怀古

信步沅江堤上柳，烟岚轻绕沙鸥。屈亭有思寄遥愁，抚今追昔，不敢说休休。

人事千年宁似故，老根古木仍遒。骚痕只在洞庭头，岂疑来日，万里任遨游。

临江仙·登柳叶湖司马楼

司马楼边司马柳，微风有意酣秋。入云非是昔时楼，白云有问，心垢洗清不。

碧水哪知人所虑，粼粼荡荡悠悠。采菱歌里一丝愁，为谁谁解，苦笑上高楼。

行香子·自笑

又是秋风,更醉乌篷,问沧波谁是飘鸿。沅江一桨,洞庭情衷,同根好,各从容。

纷纷落叶,潺潺流水,笑酸甜苦辣皆空。朝歌屠叟,钓雪渔翁,愁一瞬间消,一瞬间又,总是难穷。

浣溪沙·寒露前三日

一夜秋风暑气逃,枝头小鸟竞相跳,传香野果甚丰饶。

笑把积愁杯下浇,欢携新梦杖头豪,高吟正道意飘飘。

忆秦娥·恨俗

意空空,俗尘与我难相容。难相容,吞冰细雨,入骨寒风。

实虚皆在霞杯中,假真真假犹蒙蒙。犹蒙蒙,几多蛇影,莫怨杯弓。

忆秦娥·述故

谁言昔,空空双手家徒壁。家徒壁,性情无改,高标天立。

风和雨细残花拾,有怜衰迈良禽泣。良禽泣,夕阳西下,野溪浪急。

忆秦娥·尽休休

尽休休,拙诗几首难心由。难心由,可怜人老,恨就垂头。

奈何随步梅林游,燕飞莺啭清香流。清香流,天心当在,岂负吟囚。

浪淘沙

鸡唱鹅鸣又一天,妖魔鬼怪舞翩跹。
待令神器锋芒动,万里俄间斩恶顽。

天 香

南渡江边,椰风夜下,坐看霜鸥低舞。旧思相侵,音容如在,侧耳犹闻兴语。笑唇还掩,羞答答、欲吞终吐。

共倾三杯罢了,宁惭半生酸楚。蕉香似知几许,意殷殷、暗相吹抚。花谢泥痕尚热,欲同醪煮,杯举清风独步。往非往、难俗尘路,苦苦甜甜,甜甜苦苦。

渔歌子四首

春 暖
春暖沅江九肋游,群凫飞起舞芳洲。
莺语婉,柳芽抽,投竿一笑任扁舟。

冬月廿三夜小女来
休道深冬景不佳,今朝万树雪为花。
醪涌盏,子归家,吟哦声里共琵琶。

廿四午思
欲破溪冰投一竿,枯藜不语路行难。
杯下趣,雪中宽,心无冷热可深眠。

答海口友人
莫笑衰身前日回,家乡有爱汝难知。
梅绽日,雪飞时,高吟美景岂无归。

鹧鸪天·赏雪

难得今朝赏雪时，梅红欲滴意相随。
酣怀郊野村村白，入目江林树树肥。
吟兴涌，酒香痴，千杯万盏自怡怡。
平安盛世添风色，快乐为心景是诗。

一剪梅·梅园

雪化梅园香甚浓，枝白花红，尔汝融融。两三飞鸟恁情丰，孤塔蒙蒙，江水溶溶。

策杖吟哦俗意封，还有丹枫，抱雪仲仲。轻摇瘦柳柳姿慵，有意欢从，又倦相从。

雪梅香·自赏

雪犹止，红梅一树抱孤妍。笑飞飞群鸟，去去来来如癫。病柳摇摆盼光照，红枫瑟瑟抖寒烟。不堪悯，独抱无弦，琴拨江天。

婵娟，有香雪，抖落层冰，彻骨傲然。不屑来时，岂同俗物争先。默默无言自飘逸，只由潇洒在人间。壶觞下，任尔西东，且得酣欢。

巫山一段云·春日

春日多情日，清风助物闲。怀柔月下蝶无眠，望影独依栏。

故思宁能改，幽栖五彩峦。痴心到老爱无弦，人间最美一嫣然。

鹧鸪天两首

一

恰好初晴化雪天，梅红不语更娇妍。
应怜病柳摇无力，未惜枯池早已干。
行踏踏，鸟欢欢，冷风扑面未知寒。
健身路上诗情涌，忘却疲劳吟几篇。

二

三日高阳便减衣，时寒时热暗吁唏。
落梅愁拾残香重，病柳色寒暖意微。
峰郁郁，塔威威，行人未乏笑谐诙。
一声长啸春申阁，如戚如欣酒旆飞。

摊破浣溪沙·俗鸟

俗鸟难知世所愁,欢跳高木甚悠游。几解梅花抱寒苦,未求侪。

败柳奈何身不保,无弦心醉奏高楼。看淡浊尘皆了了,自春秋。

浣溪沙·莺歌燕语

燕语莺歌正是春,难忘往事尚如新。有知明镜早留痕。生悔杯中非是悔,最真物外自然真。花间明月两亲亲。

浣溪沙·身衰心未衰

只是身衰心未随,早莺泪啭落梅时。斜阳暖暖又归迟。有梦终生无积怨,何愁四季一轮回。残杯留影老来痴。

浣溪沙·雁影我惭

明月应晓心上人,初怀不改老来身。夕阳独好钓江鳞。雁影我惭佳友意,莺声犹厌俗人闻。梦中谁又入非非。

浣溪沙·明镜

明镜难明假与真,寒花独对觅骚痕。夕阳西落醉黄昏。故态又逢醪下幻,初怀早固国之根。冰霜岂可阻情亲。

江城子·所思

所思常绕屈亭东,德山桐,善卷风,孤峰塔下,骚诵共晨钟。独乐黄昏贪好梦,花灿烂,叶飞红。

江城子两首

一

山幽草木自荣枯,意前图,饮边壶。屈亭孤塔,含笑一江居。独苦善卷台上钓,千古梦,本该无。

二

桃溪流水笑渔夫,岂因愚,是缘无。柳堤秦洞,莫道实和虚。今古逸情何处得,尘外土,武陵庐。

浣溪沙·等到

等到人怜道更怜，莫愁好事总难全，年年明月几回圆。
入眼有期将有望，抬头无法即无天。谁疑春下百花妍。

浣溪沙·咏梅

最醉窗前一树梅，幽香月下暗香随。含冰卧雪甚嗤之。
独抱虚怀宽待世，天生傲骨懒求期。春来无悔化为泥。

浣溪沙·怡春

半入时愁半苦思，哪天能得自怡怡。一呼昂首复低垂。
杖扫寒云欢老骨，风吹落叶发新枝。桃红便是柳青时。

浣溪沙·有心

只是修真还未真，苍天岂负有心人。目中无己水粼粼。
深涧芒鞋看鸟渡，奇峰闲履识云分。柴扉月静养清芬。

浣溪沙·海岛有忆

细细海风涛接天,叶梅碧树白云闲。昔时容貌到沙滩。流水竹桃应不奈,故人明月复多怜。羁翁仍忆武陵源。

浣溪沙·读遗山词感作

梦有儿时乡野欢,早知牛背稳如船,诗家甚爱元遗山。乐感古今殊有异,心和老病暗生怜。死生红白尽怡然。

曲玉管

一叶孤舟,黄昏独泊,蝉鸣燕语青萍岸。几片残霞已乱,点缀江天,甚澜漫。四五渔家,悠悠灯火,逸情未失犹如愿。犬吠无由,搅起星点微澜,是幽欢。

欲断身甘,日常里,吟花哦月,眼中早隔尘凡,休闲尽是休闲,自怡然。杖藜酣山水,心事从何而至,任情来做,那有红愁,一切随缘。

临江仙两首

一

残雪柳摇春不够,凭栏远眺暗同愁。寒风寒景抱寒浮,几多无奈,心苦冷鞭抽。

一树残梅颜未改,路人笑对优悠。玉兰不让是温柔。熏风已至,甘露正绸缪。

二

月映春溪风细细,孤壶含泪更相思。怕看伤折柳条枝,深深痕迹,隐隐说难离。

世事不虞非所虑,予心昏昼相随。一园花木醉温辉,邻家莫问,旧燕正南飞。

定风波·忆昔

情到深怀哪有疑,荷塘月下细风吹。老去凭栏空自忆,抛泪,几多后悔几多痴。

明镜难明心下隐,无恨,只将忧念变嘲嗤。半夜莺花还去闷,天问,自由真得是何时。

最高楼

人生路,留下几多迷,甚惑少年时。盈腔热血盈腔爱,一怀风物一怀痴,莫能虞,多冷遇,半为灰。

若罢了、甚惭板桥竹,若不罢、又愁元亮菊。仍是此,总遭羁。荷锄自向东山去,故乡如故踏云归。一张犁,三垄地,几篇诗。

八六子

夜初晴,杖扶圆月,红尘多是牵萦。记碧水荷花始绽,笑相看里还羞,百般媚情。

时非今是伶仃,水冷一塘萧索,疑闻半缕清馨。且不定、从来少遂人愿,玉盘光白,黑鸟声切,空余未净云丝几缕,还逢桂影无声。步难停,深怜雁群复征。

暗 香

屈亭独揖,诵楚魂九问,江天萧瑟,鸟去鸟来,展翅群山一无隔。多语黄莺自啭,犹休了,熏风南国。未见得,世事般般,愁在一枯笔。

山德,福未息。万古一善卷,自食阡陌。古风岂失,孤塔江边送疲客,万片叶,烟水上,钓叟蓑笠。

夜游客

又是雄鸡报晓,故情甚、不堪缠绕。非一声休了能了。月边桥,水中云,愁病老。

慢步晨风早,新柳碧、溪桃花姣。杖挽山岚鸟语巧。似相劝,莫煎熬,春正好。

浣溪沙·忽喜

一阵清风入老怀,朝霞有笑到檐阶。回归秋雁正成排。牛背欢随衣锦失,笔端愁自竹声来。今朝忽见喜颜开。

浣溪沙·初晴

信步初晴心甚怡,残梅几树暗香吹,枝头雪化滴人衣。无命神凄风软日,有情泪洒月圆时。知闻何日共相依。

齐天乐·闲云

闲云一片心头起,溪山自多欢喜。独钓鱼乐,听涛鹭矗。酬唱流舟非醉,何来泗涕。逸情上东篱,更思兰芷。笔架城头,风情随性任欢恣。

荷池晓霞又碎,柳丝还拘泥,花艳露细。正午蝉鸣,黄昏鹤返,莺啭星光难已。春余夏卉,甚不尽奇丽,莫惭时世,快活中来,合神仙意气。

蝶恋花·棹歌

舟倦江湖烟水里,桨拨清风,几朵闲云至。高嗓棹歌诗兴起,故思涌动情何以。

上得岸来秋阁倚,梅叶飞飞,杯酒黄花醉。走遍天涯知己几,白睛看惯唯荣悴。

苏幕遮·坐江

碧江边,杨柳岸,鹤自松山,起舞风犹转。孤塔斜阳归燕暖,花木多情,月下还争艳。

老身闲,思未断。总被愁牵,好景无心看。今古昙花唯一现,何故仍崇,谁把盘根剪。

虞美人·如今

盈窗月影盈窗梦,总是难提控。百年未乏自多情,长恨秋风万里只鸿征。

如今身朽心仍固,窃喜余闲富。到头休说一场空,人世忧欢自古不相同。

虞美人(另格)·案头

案头纸倦心犹倦,空把前贤羡。芳情不改岂能休,一声长叹泪波流,早如囚。

度闲野径残梅遇,幸有幽香抚。李花休笑紫荆凋,一根难断早坚牢,气仍豪。